KB061341

저 결혼을 어떻게 말리지?

저 결혼을 어떻게 말리지?

황관우 에세이

위즈덤하우스

시작은 강변북로였다

3월의 어느 주말, 강변북로였다. 라디오에서는 남편 때문에 못 살겠다는 아내의 사연이 소개됐고, DJ는 결혼이 다 그런 거 아니겠냐며 덤덤하게 다음 사연을 소개했다. 다 그런 거라니. 결혼이 그러면 안 되는 거 아니냐고. 왜 불행이 당연해야 하냐고.

어쩌면 나도 덤덤하고 아무렇지도 않았을까? 지방에서 서울로 올라와 혼자 살지 않았더라면. 굳이 남들이 박봉이라며 애잔하게 보는 방송 작가 일을 하지 않았더라면. 평범하게 산다는 게 가장 어렵다는 걸 몰랐을 때, 애써 평범해지기 위해 노력했더라면. 먹고사는 일이 이보다 덜 치열했더라면. 지금보다 더 행복해져 보겠다고 발버둥 치지 않았더라면. 그래서 남들은 쉬는 주말에 꾸역꾸역 미팅을 나가느라 강변북로를 달리면서 이 라디오를 듣지 않았더라면, '왜 결혼이 당연히 불행한 것이냐'라며 혼자 씩씩거리지 않았을지도 모른다. 지금과 다른 궤적의 삶을 살았더라면 서른넷은 이미 결혼을 했어도 이상할 나이가 아니고, 친구들과 모인 술자리에서 입버릇처럼 "니들, 지금이 좋은 거야. 결혼? 미쳤냐. 하지 마."라고 말했을지도 모른다. 어쩌면, 저 라디오의 사연을 내 아내가 보내게 되었을지도 모른다.

왜 '결혼은 미친 짓'이며 다들 그 말이 맞다고 할까. 본인의 아내를, 남편을 험담하는 말이 어떻게 농담이 될 수 있을까. 이 물음에 결혼한 사람들은 이렇게 말했다. 결혼이 곧 행복이 아니란 걸 알았을 땐 이미 돌이킬 수 없었다고. 하지만 결혼을 안 할 수는 없지 않냐고. 남들도 다 참고 살길래 자기도 참고 산다고. 심지어는 결혼을 하고 보니 내 배우자가 그런 사람인 줄 몰랐다며 억울해하는 경우도 있었는데, 그건 상대도 마찬가지일 거란 말은 속으로만 했다. 안 들렸겠지?

분명 누군가는 말렸다고 했다. 그때 그 말을 들었어야 했다고 덧붙였다. 뭐가 그렇게 급했는지 모르겠다고. 그렇지. 결혼이 급하게 결정할 일은 아니지 않나? 아무것도 모를 때 얼른 해치워서 그냥저냥 사는 게 속 편하다고? 응? 평생을 부대끼며 살면서도 진짜 속이 편하다고? 지나고서 돌아보면 누구를 만났어도 거기서 거기일 거라지만 그건 어쩔 수 없는 사람들이 핑계가 필요해서 이제 와서야 찾아낸 말이 아닐까.

서른이 넘어가니까 오랜만에 연락을 해오는 친구에겐 "그래서 언젠데?"라는 답장을 하게 된다. 그냥 카톡으로 보내라고 해도 굳이 얼굴 보고 전해줘야 한다며 찾아온 친구는 테이블에 청첩장을 올려두고 '아직 모르겠다.'라는 말을 한다. 하지만 이미 청첩장은 돌릴 만큼 돌렸고, 신혼여행 숙소 예약도 끝냈고, 새로 산 가전제품들은 할부가 어마무시하게 남았다며 자기는 이렇게 먼저 가겠단다. 방금 커피 뭐 마실까로도 한참을 고민하던 애가 맞나 싶다. 지금 고민한다고 달라질 답은 아니겠지만 그래서 진짜… 할 거야?

네 얘길 들어보니까 난 좀 아닌 거 같아서 그래.

그 결혼.

2   어느덧, 가야 할 나이가 됐을 때

3   연애만 하던 그때가 좋았다

1

저 결혼을

어떻게

말리지?

내가 뭐라고…

미국에
간다고?

정말??
미국에 갈 거라고???

괜찮겠어? 알지, 너 집순인 거. 그래도 일 관두고 나면 아쉽지 않겠어? 아니, 일단 거기 아는 사람이 한 명도 없잖아. 아니네, 한 명 있네. 남편 하나 말고는 아무도 없잖아. 가끔 이렇게 삼겹살에 소주 한잔 같이할 친구도 없이 뭔 재미로 산다냐. 남편 직장 동료들, 그 동네 한인 친구들, 뭐 생기기야 하겠지. 영어 늘고 나면 동네 친구들도 생기겠지. 근데 다 새로 시작해야 하잖아. 네가 서른 넘게 여기서 만들어온 걸 다 버리고 가겠다고? 진짜 대단한 결심이다. 근데, 그렇게 한국이 싫었던 거야, 아니면 다 포기해도 상관없을 만큼 남자친구가 좋은 거야?

"…."

15

둘 중에 하나라도 확실하게 대답했다면 나도 말을 아꼈을 거다. 내 인생도 아닌데 내가 뭐라고. 일 년에 한 번 보면 다행인 친구 사이. 딱 그 정도. 우리가 뭐 얼마나 친했다고.

너, 만약에⋯. 이혼이란 걸 하게 되면 말이야. 그 이후에 어떻게 될지 생각해 본 적 있어? 일단, 한국에 다시 들어오게 되겠지? 너 미국 가면 일 안 할 거라며. 몇 년을 전업주부로 지내다가 갑자기 다시 일을 시작하겠다고? 경력이 몇 년이나 끊기는데, 지금 다니는 회사만큼 좋은 델 다시 들어갈 수 있을까? 네가 더 잘 알잖아, 쉽지 않다는 거. 작정하고 일자리 구하면 어디든 가기야 하겠지. 근데, 성에 차겠어? 그래도 큰 회사 다니던 애가. 지금 친한 회사 동료들도 그때 가선 얼굴 보기 힘들걸? 아마 네가 힘들 거야. 계속 다녔으면 나도 저 자리에 있을 텐데⋯. 내가 왜 저길 나와서는⋯. 이런 생각하다 보면 미국 가서 힘든 일 생겨도 그냥 참고 사는 게 낫다 싶겠지. 다시 한국 가서는 못 살겠다. 싫어도 그냥 참고 살자⋯. 애라도 생기면 그래, 애들 보고 살자. 그거 너무 별로지 않아?

아까부터
대답 못 하고
있잖아,
너.

자기가 좋아서 결혼하겠다는데 무슨 오지랖이냐고? 아니, 그게 아니라…. 쟤는 남은 인생 다 걸고 떠나는데 최악의 상황도 생각은 해봤냐는 거지. 봐봐. 지금이야 쟤도 잘 벌고, 남친한테 꿀릴 게 뭐가 있어. 근데, 결혼해서 일 관두고 생활비를 절대적으로 남편한테 의지하게 되면, 하루 온종일 남편 스케줄에 맞춰서만 살게 되면 어떻게 될까? 그렇게 배우자라는 한 사람한테 비스듬히 기대게 되는 순간, 기우는 게 과연 어깨뿐일까? 배우자 없이 경제적으로 자립이 안 되는 삼십 대 후반, 사십 대 초반의 나한테 스스로 만족할 수 있을까?

나 같으면 꾸역꾸역 십 년을 채운 경력이 아쉬워서라도 저 결심이 쉽지는 않을 거 같아. 일이 뭐 대수냐고? 맞아. 요즘 직업 하나로 평생 먹고사는 사람이 어딨어. 그래도 그만둘 때 아쉬움은 없어야. 경력이 우리 훈장이잖아. 그냥 자기만족일지라도 말야. 나 잘 살아왔네. 용케 버텼네. 보고 있으면 그냥 씨익 한 번 웃게 되는 그런 거. 이제 서른 막 넘긴 우리가 이룬 게 또 뭐가 있다고. 쟤도 어떻게 버틴 회사인데 그거 내려놓고 미국 따라가겠단 결심이 쉽지는 않았을 거야.

고민 많았겠지. 애초에 이혼을 전제로 생각하는 결혼, 당연히 이상한 얘기지. 근데, 생각은 해볼 수 있는 거잖아. 어렵게 공부해서 들어간 직장, 가족들, 언제든 볼 수 있는 친구들. 또 네가 좋아하는 거. 쿠팡 로켓 배송이랑 마켓컬리, 교촌 허니 콤보, 엽떡. 이걸 다 포기하고 미국으로 떠날 수 있을 만큼 좋은 점이 더 많아? 그만큼 그 사람이 좋아?

아까부터 대답 못 하고 있잖아, 너.

결혼한테
물어볼까?
그래도 되나

빨리 전화해 봐
안 받아? 카톡 해봐

결혼이 빨리 하고 싶다고? 네가 이런 말 할 줄은 몰랐어. 한 달에 두세 번씩 머리 색깔도 바뀌고, 볼 때마다 없던 타투도 하나씩 생겨 있고. 결혼이랑은 완전 거리 멀어 보이는 캐릭터잖아. 염색이랑 타투가 결혼이랑 무슨 상관이냐고? 그렇네. 무섭다니까 편견이. 아니 그래도, 연애 고민 있다고 말할 때마다 전부 다른 사람이었잖아. 이번에도 얼마나 갈까 싶었지 뭐. 근데 서너 달 만나서는 결혼까지 생각한다니까 내가 놀라겠어, 안 놀라겠어. 아, 그 전에 남자들은 정식으로 만난 건 아니었으니까?

결혼하고 싶을 때가… 있지. 너나 나나 처지가 비슷하잖아. 타지에서 생활하면서 외로운 것도 지겹고, 잠깐잠깐씩 스치듯 만나는 연애 같지도 않은 어설픈 만남들도 지겹고,

혼자 먹는 편의점 도시락, 팔 벌려 뛰기도 힘든 조그만 원룸 생활. 싫지. 결혼하면 좀 달라질까 싶어서 나도 가끔 상상해보긴 해. 근데 연애 기간이 그렇게 긴 것도 아닌데 갑자기 결혼 생각이 든다고? 너무 급하게 생각하는 거 아니야? 이번에 이사하면서 보증금 때문에 스트레스 받아서 그런 건 아니고? 프리랜서는 전세 대출 받기도 뭐가 이렇게 힘드냐. 세금 낼 땐 근로자, 대출 받을 땐 백수라더니 완전 공감. 신혼부부 타이틀이라도 달면 대출 인심도 후해지고 이자도 엄청 싸지더라. 심지어 결혼 준비한다 그러면 카드 한도도 늘어난다며?

　서로 생각 있으면 잘 준비하면 되지 뭐가 문제야. 왜 한숨인데? 둘 다 떠안고 있는 빚 때문에 막막해? 남자 쪽이 보증 잘못 서서 엉뚱한 빚이 있는 것도 아닌데 뭐. 학자금 대출 없는 이십 대가 얼마나 있다고. 그리고 집집마다 사정 없는 집이 어디 있겠어. 우리처럼 부모 빚 안 떠안는 것도 복이라면 복이더라. 복이라고 있는 게 고작 이런 것뿐이네. 참 더럽게 복도 없지.

함께 미래를
얘기할 수 있는
사람이라면
너무 좋겠지만….

차근차근 준비해야지. 난 아직 결혼 준비가 안 됐다는 말이 마음가짐의 문제가 아니라 통장 잔고와 대출 한도의 문제였단 걸 이제야 알겠더라고. 둘이 아무것도 없이 시작할 수 있는 거 아니냐고? 어우, 야. 돈 때문에 궁지에 몰리면 사람 마음이 얼마나 간사해지는데. 그때도 함께 미래를 얘기할 수 있는 사람이 있다면 너무 좋겠지만….

"어느 정도 준비가 됐을 때 그때 다시 얘기하자."

둘이 확실한 마음만 있으면 이런 말이라도 할 수 있는 거 아닌가? 너 혼자 결혼을 고민할 단계는 아니지 않아?

네 말 듣고 나니까 생각이 복잡해지긴 하네. 결혼하고 싶다는 말의 뜻이 뭘까? 혼자 사는 게 지긋지긋해지는 거? 아니면 같이 사는 가족들이랑 떨어져 살고 싶어지는 거? 연애는 누구랑 해도 다 거기서 거기다 싶어지는 거? 누가 좋아 죽겠어서 데이트 끝나고 집에 보내기 싫은 거? 아니면, 주말에 거실 소파에 누워서 뒹굴거리기도 하고, 빨래도 베란다에 널어둘 수 있는 아파트에 살고 싶어지는 거? 거창한 거 말고 설거지라도 같이 해줬으면 싶은 거? 이런 이유로 결혼하고 싶다고 말해도 되는 건가?

결혼한테 물어볼까? 그래도 되는지? 빨리 전화해 봐. 안 받아? 카톡 해봐.

최악의
말

내가 너보다 좀
잘나면 안 돼?

왜, 페이스북 같은 거 보다 보면 '연인들끼리 절대 해선 안 될 말' 그런 거 있잖아. 꼭 페이스북이어야 해. 뭔지는 몰라도 페북 감성이란 게 있어.

습관적으로 내뱉는 헤어지자는 말.
전 애인과 비교하는 말.
귀찮고 피곤하다는 말.
화났을 때 욕을 섞어 하는 말.
….

거기 있는 말보다도 최악이다. 진짜 누나한테 그랬어? "네가 그렇게 잘났어?"라니….
자기보다 좀 잘나면 안 되나? 안 된다는 거잖아, 저 말이.

그쪽 부모님들 안 봐도 훤하다. 자기 아들 기죽는다고 지 잘난 줄 아는 여자는 피하라고 했겠지. 며느리를 무슨 자기 아들 부속품 같은 걸로 생각하는 세상에 사는 사람들. 내 아들이 세상에서 제일 잘난 줄 아는 사람들. 그런 부모 밑에서 컸으니까 저런 말이 나오지. 조신하게 내조 잘하는 여자. 그런 여자 만나야 하는 일도 다 잘될 거라고, 그런 얘길 얼마나 들으면서 컸을까. 자기도 모르게 세뇌가 된다니까. 가만 보면 나쁜 사람은 아니잖아. 누나랑 취미도 잘 맞고, 말도 잘 통하고, 하는 일도 괜찮고, 인물도 그만하면 봐줄 만하니 어디가서 꿀리진 않지. 그거 자격지심 아니야? 그게 아니면 "네가 그렇게 잘났어?"란 말이 어떻게 나와. 여자는 어때야 한다는 말을 하도 들으면서 커서 자기도 의식 못 할 만큼 내면에 은근히 깔려 있는 거야. 예비 시부모들이 싫어한다는, 일 바쁘고 잘난 며느리 타입이라 어쩌냐.

한참 지나서도 계속 곱씹게 되고 기분 나빠지는 말이 있더라니까. 예전에 나 찼던 애가 그러더라고. "너 노래하는 거 듣기 싫어." 지가 노래방 가자고 해놓고 할 말이야 그게? "귀여운 척 좀 안 하면 안 돼?" 그 말도 진짜 계속 생각나. 언제는 귀여워서 좋다며 참 나. 생각하니까 또 열 받네. 싫어지면 싫어진 거지. 싫어지는 데 이유가 있어? 그냥 싫은 거야. 드라마 대사처럼 밥 먹는 게 꼴 보기 싫어진 게 아니라 이미 싫어져서 밥 먹는 모습도 보기 싫어진 거잖아. 싫다는 말들을 뭘 그렇게 열심히 에둘러서 하는 거야. 진짜 싫어서 끝낼 거 아니면 그냥 아무 말도 안 하는 게 나아. 이유를 달기 시작하면 그게 또 싸울 거리가 되잖아.

지금 자꾸 진동 소리 나는데? 전화 오는 거 아니야? 미안은 하대? 사랑도 학습이야. 뭘 잘못했고 뭘 미안해야 하는지는 확실히 짚어줍시다. "그래서 뭐가 미안한데?" 같은 문제는 내지 말고, 답답하더라도 좀 알려줘. 내가 너보다 좀 잘나면 안 되냐고. 자기도 뜨끔해야 느끼는 바가 있지.

다른 애들 일 끝났다고 여기로 넘어온다는데, 빨리 계산하고 2차 가자. 아까 보니까 화장실에 누가 쏟은 거 치우고 있더라. 뭐? 누나가 쏟은 거라고? 아… 잘났다 진짜.

♪
시어머니께서 부르셔,
네~ 하고 달려가면…

너 말고
내 아들

"나 보고 첫마디가 뭐였는 줄 알아? '너 왜 이렇게 안 꾸미고 다니냐?' 인사도 하기 전에 첫마디가 그거였어."

상견례를 앞두고 처음으로 남자친구의 부모님을 만난 자리라고 했다. 연애는 오륙 년을 했어도 인사드리는 건 처음이었다. 차라리 "언제 한번 데려와 봐." 할 때 갔으면 이런 일은 없었을까 싶기도 하고, 진작 이럴 줄 알았으면 애초에 결혼 얘기가 오고 갈 만큼 오래 만나지도 않았을 거라고 했다. 인사도 전에 벌써 단단히 불편해 보이던 표정의 예비 시모가 초면에 던진 말은 "너구나?" "너니?"도 아니고 "너 왜 이렇게 안 꾸미고 다니냐."였단다. 아직 자기 아들과 결혼을 한 것도 아니고, 아니 결혼을 했더라도 그러면 안 된다. 며느리가 군대 후임도 아니고, 아, 군대 후임한테도 요즘 고운 소리 맑은 소리 안 했다간 영창 간다. 첫마디부터 불편한 식사 자리가 이어졌고, 기왕이면 참아보려던 친구는 계속 쏘아붙이는 말들에 결국 대꾸를 했단다. 빠지직….

'시어머니'가 된다는 게 얼마나 설레고 들떴으면 "너 왜 이

31

렇게 안 꾸미고 다니냐?"라는 말이 대뜸 나올 수 있을까. 이건 생각을 안 한 게 아니라 분명히 연습한 대사다. 저 예비 시모는 처음 만나는 자리에서 며느리의 기선을 제압해야 편해진다는 말을 분명 어디서 들은 것이다. 약점을 꼬집어서 우리 아들보다 네가 더 못났음을 콕 집어줘야 하는 동시에 그런 자신은 당당하고 고귀한 품위를 잃지 말아야 한다. 아침마다 챙겨 봤던 드라마에서 보통 그랬다. 삼대가 함께 사는 가족은 당연 이래야 한다는 표본을 매일 아침 아홉시와 저녁 여덟시 이십오분 하루에 두 번씩, 주말엔 저녁 여덟시에 하는 드라마에서 보고 자라온 우리. 누구는 큰소리 내고, 누구는 사고 치고, 누구는 수습하며, 누구는 착해서 당하기만 하는 전형적인 가족 구성원들이 등장하는 건 덤이다. '한국형 시어머니'들은 알고 있을까? 자기가 주인공인 드라마가 어느 커뮤니티에서 조회 수 폭발하고 있다는 것을.

저 상황에서 아무 말 없던, 예비 시부 될 사람과 그 아들. 결혼을 하면 저들과도 가족이 된다. 친구는 이 현실이 드라마가 아님을 너무 잘 알아서 냉전 상황을 풀고 싶은 마음은 없다고 한다. 그래 그냥 그렇게 얼려두자. 어쩌면 이대로 빙하기가 다시 오는 것도 나쁘진 않을 것 같다. 얼음이 녹으면 지구가 위험하다잖아….

사랑이
아니란 걸
알지만

당연히 둘이
결혼할 줄 알았어

뭔 종이를 뽑아서 저렇게 쌓아뒀냐고? 아….
이거 예전에 썼다가 거절당한 노래 가사인데 이면지로 쓰기
도 뭐하고, 버리지도 못 하겠고 애매해서. 왜 까였냐고? 가사
는 원래 까이는 거야. 이렇게 갈 곳을 잃은 가사가 한 박스는
더 있어. 괜찮아. 까임이 곧 일상이고 삶이니라⋯ 거절당하
는 것도 횟수가 늘어나면 익숙해져. 아, 익숙해진다고 아무
렇지 않다는 건 아니고.

뭘 그렇게 자세히 봐? 아, 그 가사? 걔네 얘기를 모티브로
쓴 거야. 너도 걔네 알잖아. 칠 년이면 엄청 오래 만난 거잖
아. 당연히 둘이 결혼할 줄 알았어. 근데 남자애 얘기 들어보
니까 연애 칠 년 중에 이삼 년은 그냥 책임감, 의무감, 관성으
로 만난 것 같다고 하더라. 왜, 그런 거 있잖아. 태어날 때부

터 엄마였으니까 아, 저 사람이 엄만가 보다. 돈 열심히 벌어서 효도해야지. 연애도 좀 하다 보면 아, 얘가 내 애인인가 보다. 애인이니까 사랑해야지. 데이트도 하고, 선물도 사주고. '왜'가 사라지는 관계. 저 사람이 왜 좋았지? 전에는 알았는데…. 아, 뭐더라. 검색해 봐야 되나? 뭐더라? 예뻐서? 목소리가 좋아서? 나한테 잘해줘서? 아, 뭐였지? 알아. 아는데 말로 딱 표현이 안 돼서 그래. 아무튼 좋아서 애인인 거야. 명령어가 그렇게 입력됐으니까 당연히 잘해줘야 된다. 그렇게 유지되는 관계. 얘만 그랬는지 그 여자도 그랬는진 모르지. 오래 만나면 다 그렇게 되는 건가? 한 사람을 칠 년이나 오래 좋아하고 만나본 적은 없으니까 그게 어떤 감정인지 감도 안 와.

아무튼 그 남자애가 해줬던 얘기들로 시작했던 가사야. 이 노래 가이드곡이 어떤 느낌이었냐면, 헤어지긴 했어. 근데 노래 부르는 사람이 별로 안 슬퍼. 미안하긴 해. 근데 슬프진 않아. 그런 느낌이더라고. 어떻게 헤어지는데 안 슬플 수가 있지? 이미 감정은 빠지고 명령어만 남은 상태였으니까. 그런 걸 사랑이 다했다고 하는 건가? 애초에 사랑이 아니었는지, 지금 와서야 아니게 됐는지는 모르지. 그걸 아는 사람이 있을까?

Verse 1

편하다는 게 그런 사이란 게

꼭 좋은 건 아닌 것 같아

밖에선 입을 수 없는 오래된 옷처럼

볼품없는 모습이 돼버렸는 걸

익숙하단 이유로 소중하지 않게 됐어

바래진 색으로 무뎌진 맘으로

서로를 끌어안고 있어

Chorus 1

사랑이 아니란 걸 알지만

사랑이 다했다고 무책임하게

너를 돌아설 수는 없어

Verse 2

우린 뭐가 두려워서 망설이고 있는 걸까

어쩌면 더 좋은 사람은 없다는

가엾은 착각 때문일까

Chorus 2

사랑이 아니란 걸 알지만

사랑이 다신 없을 것만 같아서

너를 붙잡고 있는 나야

Bridge

더 행복하라면서 널 아프게 하는

말도 안 되는 말을 해서 미안해

우는 널 안아줄 수 없어

Chorus 3

사랑이 아니란 걸 아니까

우리 관계는
언제부터
사랑이 아니게
되었을까.

소개팅을
한다고?

그런 운명이라면
난 반댈세

그게 며칠 전에 청첩장 준 사람이 할 말이야?

결혼 준비도 정신없을 텐데 소개팅을 할 시간이 있다고?
그게 가능해?

뭐? 혹시 모르니까?

더 괜찮은 사람이 갑자기 짠 하고 나타나면 그게 진짜 운
명 아니겠냐고?

이래도 아무도 안 나타나면 지금 결혼하기로 한 사람이 진
짜 운명인 거라고?

그 사람한테 너는 운명이긴 할까…?

기왕이면 그래야 할 텐데….

집착과
안착 사이

집착도
사랑일까

근데 왜 너만 나왔어? 같이 한잔하자고 하지. 어차피 우리 중에 처음 보는 사람 없지 않아? 왜? 싸웠어? 지금은 풀었다고? 잘생겨서 봐줬어? 그래. 잘했네. 없는 꼴값보단 있는 꼴값이 백 번은 낫지. 얼굴이라도 뜯어먹어야지. 암, 그럼. 근데 걔는 왜 이렇게 기복이 심하다냐. 잘해줄 땐 엄청 잘해주는 거 같더니 싸우기는 또 왜 그렇게 싸워. 보통 지가 찔리는 게 있으면 괜히 더 잘하고 그러기도 하지. 응? 아니야. 헛소리했어.

그래서 못 나온대? 아, 회사 가기에 너네 집이 더 가까우니까 자고 가는 거구나. 응? 너한테 너무 집착하는 거 같다고? 모든 생활이 전부 다 너한테 맞춰져 있다고? 좋아하면 보통 그러지 않아? 지금은 애인이 너한테 너무 집착하나 싶지? 나중엔 네가 그렇게 될 수도 있다. 연애할 때 집에 자꾸 애인 들이는 게 얼마나 무서운데. 뭐가 무섭냐고? 아, 너 자취하고 연애하는 거 처음이지? 별건 아니고, 그냥 혼자 있을 때 좀 서러워지는 거지 뭐. 힘든 일 생기거나 싸우거나 했을 때 같이 있던 집에 나 혼자 있는 게 더 힘들게 느껴질 때가 있더라고. 집에 그 사람이 묻어 있으니까. 뭐 하나를 만져도 어디에 눈을 돌려도 다 관련 있는 물건들이니까 더 생각나고 어디 피해 있을 수도 없어. 괜히 변기라도 막히면 '이거 하나 해결해 주러 못 온다고?' 하면서 괜히 짜증 나고 서럽다니까. 꼴도 보기 싫을 때는 애인 양말만 보여도 '나는 너 왔을 때 갈아 신고 가라고 양말도 빨아뒀는데 네가 나한테 이렇게 한다고?' 하는 생각에 더 화난다. 그렇게 사소한 거 하나하나 그 사람이랑 연결이 되면 자기도 모르게 순간적으로 집착 같은 행동이 나오기도 하더라고. '난 여기 있는데 넌 어디서 뭐 하냐' 하고. 응? 그래서 어디서 뭐 했는지 궁금해서 핸드폰을 봤다고? 네가 남자친구 걸? 결혼할 사인데 무슨 상관이냐고? 결혼하면 상대방 핸드폰 봐도 된다고 생각하는 사람 손 들어봐. 오우, 반반이네?

- 결혼은 해도 각자의 영역이 있다. 안 보여줄 이유는 없지만 몰래 볼 필요도 없다.
- 안 보여줄 필요가 없으면 좀 보면 어떠냐?
- 애초에 핸드폰을 보는 행동 자체가 의심하는 거다.
- 설사 오해를 하더라도, 오해를 하게 만든 사람이 문제 아니냐.
- 안 봤으면 오해도 없었다. 이건 문제를 삼으니까 문제가 되는 일이다.
- 문제 삼을 여지를 만든 쪽이 잘못이다. 결혼했으면 밖에서도 행실을 조심해야지.
- 그건 사랑이 아니라 집착이다.
- 집착도 사랑이다.

각자의 세상에 살며 한 공간을 함께 쓰는 사이. 어렵다. 이쯤 되면 핸드폰 만든 사람이 잘못한 걸로 했으면 좋겠는데.

싫어해

내 옆에
아무도 안 남을까 봐

한 바가지는 이만큼이구나, 싶을 만큼 서운함을 토로했다. 몇 년 동안 연락 한 번 없던 친구가 대뜸 결혼을 하게 됐단다. 그저 그런 친구도 아니고, "제일 친한 친구가 누구야?" 하고 물으면 가장 먼저 떠오를 정도로 친한 사이였는데, 연애를 시작하더니만 증발해 버렸던 친구다. 그래, 서운하긴 해도 지 인생인데 연애라도 잘하고 잘 살아라. 그런 마음으로 잊고 살다가 대뜸 결혼한다는 연락을 받고 나니 몇 년 치의 공백이 순간 서운함으로 가득해지는 것이었다. '그래도 축하한단 말은 해줬어야 하는데 내 감정만 앞서서는…' 하고 괜히 미안해져서 잠도 못 자고 있었는데 띵동, 친구에게서 장문의 문자가 왔다.

"미안하다. 내가 누구 만나는 걸 싫어해. 와이프 될 사람도 내 친구들 다 알아. 얼마나 친한 친구들인지도. 근데 싫대. 고등학교 때 친구들은 남녀공학이라 여자애들이 있어서 싫다 하고, 중학교 때 친구들 만나면 남자애들 술 마시면 어떻게 놀지 뻔하다고 싫대. 대학 때 친구들도 번듯하게 회사 다니는 애들 몇 명이나 있냐고, 한심한 백수들하고 어울리지 말래. 그렇게 연애하다 보니까 주변에 남은 게 아무도 없더라. 근데 여자친구까지 나한테서 떠나면 내 주변에 남은 사람이 아무도 없는데 어떡하냐. 그러니까 이해 좀 해주라. 그렇다고 이상한 사람 아니야. 둘이 있을 땐 너무 좋고 잘 지내. 그러니까 결혼하지. 만나서 청첩장도 좀 주고 미리 인사도 했으면 좋았을 텐데 미안하다. 결혼식 끝나고 나중에 따로 보자. 집들이도 그냥 안 하려고. 괜히 또 트러블 만들기도 싫고. 나한테 서운한 거 다 안다. 그래도 이해해 줘라. 결혼식 때 꼭 와주면 좋겠다 친구야."

그제야 알았다고, 축하한다고 답장을 하긴 했는데. 축하할 일이 맞긴 한 걸까? 얼마 전에 봤던 SF 영화가 떠오른다. 우주선을 타고 지구를 탈출해 또 다른 행성으로 떠나는 두 주인공이. 언젠가 그들이 도착한 행성도 부디 지구와 교신이 닿기를. 조금 오래 걸리더라도.

술이
문제야?

정말 그냥
넘어갈 거야?

사람은 인상 좋고 순해 보이던데⋯. 무슨 술 때문에 경찰서를 가. 설마 팔에 멍든 게 그때 생긴 거야? 아니, 팔을 얼마나 꽉 잡았으면 그렇게 손자국이 다 남을 정도로 멍이 들어? 핸드폰 액정, 이것도 그때 깨진 거야? 떨어뜨린 게 아니라 던졌어? 너한테? 근데 피했어? 자랑이야? 아주 민첩해서 부럽다, 야. 어떻게 그 난리를 쳐놓고 술 마셔서 기억 안 난단 말을 해. 결혼 준비하다 싸운단 얘기는 많이 들어봤어도 이건 역대급이다. 뭐 때문에 그렇게 난리가 난 건데? 시작이 뭔데?

　　네가 잘못한 거라고? 그래서 그냥 넘어간다고? 술 마실 때만 이러지 평소엔 괜찮으니까? 술버릇만 빼면 진짜 다 괜찮아? 야, 그거 하나 때문에 안 되는 거야.

널 어쩌면
좋을까

너랑 결혼할 사람은
또 어쩌냐

다음 달에 결혼한다고? 누가? 네가? 그게 지금 클럽에서 밤새도록 같이 놀고 나와서 감자탕 먹으면서 할 얘기냐?

오래 만난 여자친구랑 헤어져서 힘들다고, 간만에 정신 놓고 놀고 싶다고 하길래 당연히 혼자인 줄 알았지. 다른 애인 있냐고 안 물어봐서 말 안 한 거라고? 야, 헤어졌다 그러는데 당연히 없다고 생각하지. 다시 시간 순서대로 브리핑 해봐. 오래 만난 여자친구는 걔네 집에서도 너 싫어하고, 너네 집에서도 반대해서 헤어지기로 했다고? 어른들이 반대할 이유가 뭐가 있어. 엥? 상견례 때 아버지들끼리 신경전이 붙었어? 죽어도 서로 사돈 못 하겠대? 사돈이랑 뭐 얼마나 가깝게 지내신다고들 난리야. 제일 가까운 자식도 일 년에 한두 번 볼까 말까 하면서. 어른들이 죽자고 반대하면 방법이 없다고? 아니, 자기들이 같이 사는 것도 아닌데 왜 그러는 거야 진짜…. 그래서 힘들 때 같이 술 제일 많이 마셔준 회사 동기랑 결혼한다고? 근데 날 잡아놓고 예전 여자친구를 만나서 펑펑 울었어? 전 여친은 심지어 벌써 결혼을 했어? 막상 결혼식은 한 달 남았는데, 속은 상하고 술은 한잔하고 싶고. 그래서 날 불렀는데 결혼할 생각하니까 마지막으로 클럽은 한번 가보고 싶었다고? 결혼하면 인생이 다 끝나는 거 같고 헛헛해져서? 그 헛헛함의 이유는 또 뭐야. 다신 클럽을 갈 수없다는 아쉬움이야, 아니면 클럽에서 헛짓거리를 할 수 없다는 아쉬움이야. 그게 같은 거라고? 야, 방금 클럽에 있던 사람들이 전부 다 그렇게 생각하진 않을걸? 내가 말 걸었던 애들은 그랬단 말이야, 친구들끼리 음악 들으러 왔다고. 아니야? 맞아야 내가 덜 비참해지는데 진짜 아니야?

나야 좀 비참하면 그만인데 널 어쩌냐. 아니, 너랑 결혼할 사람 어쩌냐 진짜. 근데 너 지금 진지한 얘기하면서 누구랑 문자를 그렇게 해? 아까 그 노란색 옷? 걔 번호를 땄다고? 낼모레 결혼한다는 애가 여자 번호를 땄다고?

….

야, 콜라나 따.

마시고 나가자. 좀 있으면 첫차 오겠다.

급해

그걸 꼭
결혼으로 확인해야겠어?

부모님한테 남자친구 소개했다고? 만난 지 한 두 달 정도밖에 안 되지 않았어? 기간은 중요한 게 아니야? 둘이 딱 삼천만 원만 모으면 결혼하겠다고? 그렇구나···. 응? 내 표정이 뭐? 아냐. 그냥···. 대단도 하고, 걱정도 되고.

글쎄···. 소박하게 시작한다고 해도, 서울 언저리에서 신혼 집 구하기가 쉽지는 않지. 친구네 자취방 같은 데? 둘이 살기는 좀 좁지 않을까? 뭐, 못 살 거야 없지. 살면 살게 되지. 더 큰 집은 대출 받으면 된다고? 너 대출 받으러 은행 가본 적 없지? 너네 둘 다 지금 직업이 없잖아. 그렇지, 알바를 직업으로 보긴 애매하지. 둘 다 4대 보험 되는 직장 다녀본 적 없지? 왜 자꾸 기죽이는 말만 하냐고? 아니, 취준생이라고 결혼하면 안 된다는 법은 없지. 근데 너무 급한 결정이란 생각은 안 해봤어? 지금은 둘 다 부모님이랑 사니까 돈 얼마 모이면 여행도 가고, 비싼 데서 밥도 먹고 하겠지만 같이 살게 되면…. 그러니까 독립이란 걸 하면 월급 받는 직장인들도 당장 샴푸가 떨어졌는데 그거 살 돈이 빠듯할 때가 있어. 그때가 되면 지금처럼 '경주 한옥 펜션' 이런 거 말고 '최저가 샴푸' 이런 거 검색하게 된다니까. 너 샴푸 네 돈 주고 사본 적 있어? 여행용 말고 큰 거. 집에서 쓰는 거. 한 통에 얼마 할지 감이 와? 돈 없으면 '엄빠 찬스' 쓰면 된다고? 급하면 쓰고, 쓸 수 있을 때 무조건 쓰는 게 맞긴 한데, 거기라고 바닥이 없을까. 이삼 년이면 둘 다 취업해서 자리 잡을 거라고? 더 빠를 수도 있지. 그럼 있잖아, 결혼은 그때 가서 얘기해도 되지 않냐? 이삼 년 뒤라고 해도 너네 둘 다 서른도 안 됐어. 그럼 일단 혼인신고부터 하겠다고?

음…. 내가 다른 친구한테도 했던 말인데, 최악의 상황을 한 번쯤은 생각해 보는 것도 나쁘지 않을 거 같아. 서른 전에 네가 돌싱이 됐어. 감당할 자신 있어? 돌싱이 무슨 흠이냐고? 그럼, 그게 무슨 흠이겠어. 한 번 아프고 남은 상처지. 그 상처는 감당할 자신 있어?

느낌이 왔어?

이 사람이다 싶어?

꼭 그걸 결혼으로 확인해야겠어?

내가 효자인 게
죄는 아니잖아!

죄,
맞아

드디어 이상형을 만났다고, 이제야 길고 긴 항해가 끝나간다고 할 땐 언제고. 갑자기 걘 아닌 것 같다고? 왜? 이상형이 바뀌었다고? 가족 없는 혈혈단신이 오늘부터 이상형이라고?

　….

얘기 들어보니까 남자친구가 자기 엄마 걱정할 만은 하네. 아버님도 일찍 돌아가시고, 그렇다고 다른 형제가 있는 것도 아니고. 근데 아무리 그래도! 평생 같이 살아온 엄마니까 자긴 편하겠지. 근데 서른 넘어 인생에서 처음 알게 된 아주머니가 갑자기 "네 시어머니다~" 한다고 가족처럼 편하겠냐고. 집안일 좀 미루려고 해도 시모가 걸레 들고 주섬주섬 움직이실 텐데 평생을 유교 걸로 자라서 가만있을 수 있겠어? 퇴근하고 들어와서 거실에 벌러덩 눕길 하겠어, 귀찮다고 끼니를 거르길 하겠어. 삼 분 카레 데워서 차리는 밥상도 눈치 보일걸? 빨래 돌려놓기로 한 남편은 지금 어디 갔어? 방에서 자? 잠이 와 지금? "얘, 애 좀 한숨 자게 냅둬라. 어제도 늦게까지 회식 있어서 못 일어나는가 보다. 속 풀 만한 거 한 그릇 끓일 게 뭐가 있나? (주섬주섬)"

거기다 신혼이잖아. 집에서 그게 되겠냐고…. 아니, 게다가 안방을 어머니 드리자고 했다고? 왜 그런다냐 진짜. 여유가 없는 것도 아니라며. 애초에 어머님은 가까운 곳에 전셋집 얻어 드린다는 전제로 결혼 얘기 시작했던 거 아니야? 근데 이제 와서 마음이 쓰여서 안 되겠대? 효자가 무슨 죄냐고? 죄 맞아. '신혼 생활 등의 관리 소홀 및 잠재적 갈등 유발 소지에 관한 신고 불이행' 같은 거 없어? 국회가 하는 일이 뭐냐 진짜.

애초에 프러포즈를 다시 하라고 해. '나랑 결혼해 줄래?'가 아니라 '우리 가족과 결혼해 줄래? 나와 우리 어머니와 함께 평생을 약속해 주지 않겠어? 쪼끔 손해는 보더라도 사랑하는 사람끼리 다 그 정도는 양보하고 결혼을 약속하는 거 아니겠니?'

　그럼 너도 대답을 이렇게 해버리는 거야. '듣고 보니 잠깐만? 너는 그래서 뭘 양보했는데? 나중에 우리 애가 생기면 어머니가 같이 돌봐주실 거라고? 육아에 한 명 동참할 수 있는 게 얼마나 큰 힘이 되겠냐고? 아니지. 네 몫이 있는데 넌 왜 육아에서 쏙 빠져나갈 생각부터 해. 너희 어머님은 너 대신 육아에 참전하시는 게 아니라 게릴라로 합류하시는 게 맞지 않아? 본부는 넌데 어머님만 전쟁터에 내보내고 넌 어디 갔어? 다시 얘기해 봐. 네가 이 결혼을 위해 뭘 양보했냐고. 얘기해 보라니까?…' 아니 너무 화내면서 말하진 말고 웃으면서. 그렇지. 그렇게 웃어야 더 또라이 같아 보이고 좋지. 더 웃어 더. 더 더 더~. 음~ 섬뜩하고 좋은데?

　근데 참 이상하다. 왜 결혼은 뭔가를 포기해야만 가능해지는 걸까. 듬성듬성 나를 덜어내야 서로 아귀가 맞아 돌아가는 톱니바퀴 같은 건가?

부모님이
왜 그러실까?

그냥
혼자 살자, 친구야

"갑자기 왜 내려와? 뭐 할 얘기 있어?"

혹시 집에 도박장을 연 건 아닐까? 가정집에도 심심치 않게 그런 일들이 있다고 들었는데. 친구는 일부러 연락을 피하고, 집에 내려가겠다는 말에 어색하게 놀라는 엄마가 요즘 통 수상했단다. 제대를 앞두고 밀렸던 포상 휴가를 잔뜩 쓰느라 달마다 휴가를 나와 깔깔이를 입고 거실 소파에 눌어붙어 있을 때도 이런 홀대는 없었고, 취직하고 가끔 일이 밀려서 집에 못 내려가는 명절이면 역귀성을 해서라도 서울에 있는 아들 보겠다고 올라오던 부모님이었는데. 전화를 걸면 바쁘니까 곧 다시 통화하잔 문자를 남기거나 부모님이랑 밥 한 번 먹고 싶어서 주말에 내려가겠단 아들의 연락에 갑자기 왜 내려오냐니, 이상할 따름이었다. 집에 자기가 모르는 일이 생긴 건 아닐까? 친구는 명절을 앞두고 미리 고향집에 다녀오고야 그 이유를 알았단다.

"엄마가 결혼 안 하면 안 되겠냐고 하더라고. 본인들이 아직 준비가 안 됐다고."

연애를 시작한 지 한 삼 년쯤 됐고, 나이도 서른을 넘겼고, 친구들도 오래 연애를 하면 명절 같은 때 얼굴 뵙고 인사는 못 드려도 서로의 부모님께 선물을 하기도 하길래 자기들도 그렇게 하는 게 예의겠거니 하고 홍삼 선물을 드렸단다. 생각해 보니 부모님이 자기 연락을 피했던 게 그때부터인 것 같다고 했다. 어렸을 때 친구들 다 다니는 학원을 못 다녀보길 했나, 교복 위에 입는 패딩을 못 사길 했나, 대학도 학자금 대출 없이 보내줬던 부모님이다. 학교 다니면서도 용돈이 부족하면 곧잘 보태주시곤 했고, 취직을 하기 전까지 살면서 한 번도 돈이 없어 고생을 하거나 자기 집 형편을 걱정해 본 적이 없었다. 그런데 아직 본인들은 자식을 결혼시킬 준비가 안 됐다고 말을 하니 정말 무슨 일이 있었나 싶었다. 별일이 있었던 건 아니었단다. 아버님이 곧 퇴직을 앞두고 계시긴 하지만 당장 두 분이 지내시기에 큰일이 날 만한 상황도 아니고, 부족하신 게 있으면 자기가 벌고 있으니 보태면 그만인 일인데. 외동이니 본인들도 자식 결혼을 시켜본 경험도 없고, 으레 아들 가진 쪽이 집을 마련하면 딸 가진 집에서 혼수를 해오는 게 당연한 일이겠거니 생각하실 어른들인 데다 하필 서울 아파트값이 미쳐가고 있더라는 뉴스가 나올 시기여서 더 그러셨는지도 모르겠다. 평생 지방에만 사셨던 분들이라 가끔 올라와 접하는 서울 물가에 흠칫하기도, 지금 본인들이 살고 있는 아파트를 팔아도 아들이 직장 다니며 자취하고 있는 방 한 칸짜리 오피스텔 전셋값밖에 안 된다는 걸 알고 적잖게 놀라시기도 했었더랬다. 그 생각을 하고 나니 부모님의 걱정이 이해가 안 되는 건 아니지만 그보다 자긴 아직 아무 준비도 안 하고 있는데 왜 부모님이 먼저 서둘러 준비를 하고 계시는지도 모르겠다는 친구.

"근데 너는 별 걱정 없어 보이긴 하네? 준비 잘하고 있나 봐?"

"준비는 무슨. 막상 닥치면 어디라도 같이 살 집 하나 없겠냐."

"너야 그래도 여자친구는 생각이 다를 수도 있잖아. 그래도 청약 같은 건 잘 들어놨지?"

"청약? 야, 요즘 같은 시기에 무슨. 난 주식 계좌 몰빵이야. 에휴, 결혼은 무슨 결혼. 그냥 혼자 살까? 나 같은 애들은 그냥 혼자 살아야 될 거 같지 않냐?"

"맞아."

"맞아?"

"맞아."

결혼은
무슨 결혼.
그냥
혼자 살까?

소개팅을
또 했다고?

이번에는
또 누구야?

들어나 보자. 이번엔 어떤 사람이었는데?

출장이 엄청 많아?

한국에 반은 없어?

그래서 진지하게 고민된다고?

벌써 날 다 잡아놓고, 새로 소개팅해서 만난 사람 때문에
고민 중이라고?

있잖아.

너 그냥 빨리 갔다가 다시 오는 건 어떻게 생각해?

꼭
좋은 사람이었으면
좋겠다

스스로를,
너의 선택을 믿어

안 그래도 주변 사람들이 고민 상담 많이 하는데 너까지 이런 얘기 꺼내서 미안하다고? 괜찮아. 사람들 얘기 듣는 거 재밌어. 진짜야. 사람들 고민 듣다 보면 세상에 내가 겪어보지 못한 일이 이렇게나 많구나, 내가 모르고 사는 게 참 많구나 싶거든. 세상에 돈 버는 일도 가지각색이고 힘들려면 저렇게도 힘들 수 있구나 싶고. 다들 말을 안 해서 그렇지 가족끼리 문제없는 집도 없고, 사연 없는 사랑도 없어. 나만 이렇게 엉망이 아니구나. 어쩔 땐 그게 위안이 돼서 가만히 사람들 얘기 들어주는 것뿐이야. 공감 능력이 좋은 게 아니라 다른 생각하면서도 다 듣는 척할 수 있는 능력이 좋은 거 같아. 내가 해결책을 줄 수 있는 것도 아니잖아. 어차피 듣고 싶은 대답이 있으니까 고민도 털어놓는 건데 눈치껏 쓱 한마디 해주는 게 뭐 얼마나 어렵겠어. 나 같은 애들이 남사

친으로는 너무 좋대. 근데 왜 남사친으로만 좋다는 거야? 저 말 은근히 욕 아니야?

　….

　말을 돌려보고 싶은데 참 쉽지가 않네. 축하해도 되는 거지? 축하받아도 되는지 너도 모르겠어? 나도 모르겠다. 결혼을 생각해 본 적도 없는데 갑자기 아이가 생겼다. 그 아이가 내 배 속에 있다. 어떤 기분일지 상상이 안 되거든. 그 심정의 언저리도 가본 적이 없어. 그래서 아무 말도 못 하겠어.

　무슨 게시판에 익명으로 올렸다며? 댓글이나 같이 봐보자. 애초에 답도 없고, 그것도 운명이니까 받아들이라고? 어차피 다 운명이 정해주는 거라면 다들 뭐하러 그렇게 열심히 살아. 어차피 정해진 운명이 있는데 뭐한다고 죽자고 공부하고, 죽자고 시험 보고, 악착같이 벌고 모으고 그래. 어차피 그렇게 될 운명이 정해져 있다면 열심히 살았던 게 다 뭐가 돼. 인생을 대하는 태도가 너무 성의가 없잖아. 차라리 자기가 믿는 신이 그렇게 인도했다고 하지 왜. 아 맞다, 너 무교

어떤 선택을 하더라도
나쁜 선택이 아니라고
스스로를 믿어.

지. 근데 신이 그랬어도 너무 가혹하다. 걸을 줄 알아야 뛸 거 아니냐고. 결혼도 아직 모르겠는데, 갑자기 육아를 하라니.

이 댓글은 또 뭐냐? 사람이 신기한 게 닥치면 어떻게든 다 하게 된다고? 이것도 거르자. 하고 말고의 문제가 아니라 사는 문제인데.

이 댓글은 뭐야. 애초에 고민하고 선택할 문제가 아니라고? 나라가 이 꼴인데 젊은 사람들이 이기적이라고? 딸 딸 딸 낳으면 기필코 아들 보겠다고 막내딸 이름 이상하게 짓고, 또 언제는 많이 낳아 고생 말고 적게 낳아 잘 기르자면서 셋째 낳으면 의료보험도 안 됐던 시절이 있었다니까? 그런 시절을 자기들도 겪어놓고 할 소리야? 자기들이 해보니까 어차피 겪게 될 일 빨리 닥친 것뿐이라고, 일찍 키워서 빨리 학교 보내면 나중에 편하고 좋다고? 어차피 겪게 될 일인 건 누구 생각인데? 아직 낳을지 말지도 안 정한 애를 누가 벌써 키워서 학교까지 보내놨어, 무슨. 아직 애 아빠랑 결혼을 하느냐 마느냐도 안 정했구만.

나라면 어떻게 하겠냐고? 결혼이 어쩌니 저쩌니 오지랖 참 잘 떠는데 이번만은 입 꾹 다물어야지 싶네. 감히 내가 해 줄 수 있는 말은 없고, 가까운 사람들 만나서 얘기 많이 나눠 봐. 얘기하면서 이런저런 상황을 떠올리다 보면 어느 정도 앞이 그려지고 마음이 조금이라도 더 쏠리는 선택지가 생기지 않을까? 지금 머릿속에 있는 어떤 선택을 하더라도 나쁜 선택이 아니라고 스스로 믿고, 그렇게 만들어가야지. 누구보다 그 사람이랑 제일 얘기 많이 해봐야 하지 않겠어? 어떤 사람인지는 모르겠지만 꼭 좋은 사람이었으면 좋겠다. 드라마 「나의 아저씨」에 나오는 이지안의 대사처럼 진심을 다해 이 말은 꼭 해주고 싶네. "파이팅."

남자가
뭐하는데?

작가라고?

"작가야···."

"야, 안 돼. 미쳤어.
그거 하나 때문에 안 되는 거라고!"

결혼을
잘하고 싶다

이제야
프롤로그

이 책을 쓰게 된 진짜 이유를 이제 말하려 한다. 책의 첫 부분이 아니라 애매하게 이쯤에서부터 진짜 이야기를 시작하는 이유는, 앞서 나온 이야기들이 그저 가소롭다고 여겨지거나 흥미가 없다면 진작에 책을 접었을 거라 생각하기 때문이다. 당신이 여기까지 읽었다면 우린 어디서 어떻게 만나 커피나 맥주 한잔을 하게 되더라도 서로 재미있게 이야기 나눌 수 있는 상대일 것이다.

삼십 대가 되고 나니 사람들과 모여 얘기를 나눌 때 결혼을 주제로 한 수다가 아주 짧게라도 등장하곤 한다. 천만 관객 영화도 안 본 사람이 있고, 멜론 차트 1위 노래도 안 들어본 사람이 있다. 더군다나 아까부터 다른 사람 험담이 시작됐는데 그게 누군지 모르니 끼려야 낄 수가 있나. 하지만 결혼이란 주제는 대부분의 사람이 피해갈 수 없고, 각자의 결혼관이 미묘하게 다르다 보니 누가 한마디라도 툭 던지면 이야깃거리가 꼬리에 꼬리를 물게 된다.

　이십 대까지는 그랬다. 막연하게 서른다섯, 늦어도 서른여섯이나 서른일곱쯤엔 나도 결혼을 하지 않을까? 일하는 곳에서 적당히 자리를 잡고, 적당한 시간 만나온 사람이 있고, 적당한 때가 되면 나도 하겠거니 생각했다. 그 '적당히'가 얼마만큼인지, 이놈의 대한민국 진짜 내 인생에 적당히 좀 간섭했으면 좋겠다. 이 나라는 결혼의 악조건을 두루 갖추었다. 서울이거나 서울에 가까울수록 좀 더 그렇다. 신혼집을 부모나 은행의 도움 없이는 마련할 수 없을 확률이 높으니까. 지역 차별적인 얘기를 하려는 건 아니다. 그저 '차이'라고 생각한다. 대한민국 인구의 절반이 수도권에 산다.

　다들 그런가 보다, 하고 사니까 당연하게 느껴져서 그렇지 사실 수도권과 비수도권은 거의 다른 세상이 아닐까 싶기도 하다. 태어나서 한 번도 지하철을 타볼 일이 없는 사람들조차 오늘 아침 지하철 고장으로 출근길 시민들의 발이 묶였다는 아홉시 뉴스를 다 함께 보는 대한민국이다.

'결혼 적령기'라는 또래로 묶이더라도 지역이나 각자의 환경에 따라 고민의 범주는 천차만별일 거다. 결혼 적령기라니. 이 말이 구식으로 보이긴 해도 전국의 지역별 초혼 연령 통계가 크게 다르지 않은 걸 보면 분명 공통적인 무언가가 존재한다. 2019년 기준 남자 33.37세, 여자 30.59세. 이 평균이라는 말은 악의 없이 날카롭게 느껴진다. 2021년 서른네 살이 된 대학 동기 남자들 중에 단 한 명도 결혼한 사람이 없다니. 역시 평균 이상의 인재들이 모인 예술의 요람답구나… 그놈의 예술을 하겠다고 모여서 돈 못 버는 일들만 골라서 했던 나와 친구들. 우리도 요즘 술자리에 모이면 비트코인이나 주식 얘기를 한다. 결혼할 때가 되니 그제야 궤도를 이탈했다는 경고가 뜨는 것이다. 그동안 하고 싶은 것만 실컷 하며 살아왔던 우리마저 왜 결혼 적령기에 접어드니 평균에 집착하게 되는 걸까. 각자의 이유가 궁금하다.

내 이유는 두려움이다. 남들이 다 가진 것을 갖지 못한 데서 오는 소외감을 이미 숱하게 겪으며 살아왔다. 결핍의 클리셰인 학창 시절의 나이키 운동화가 그랬고, 가끔 친구들 집에 놀러 가면 드라마에서나 보던 화목한 부모님의 모습, 가족 여행이 그랬다. 첫 월급을 받자마자 나이키 매장에서 가장 비싼 운동화를 골랐던 것처럼, 갖지 못했고 그래서 몰랐던 것들을 이제라도 누려보고 싶은 욕망 혹은 바람. 이것보다 멋진 이유를 가짜로라도 하나쯤 만들어두고 싶은데 없다. 가까운 가족과 떨어져 산 지 너무 오래됐다. 세 살 위 누나는 고등학교에 입학하면서부터 서울에 있는 대학을 다니러 나가 살았고, 엄마는 내가 고등학교 삼 학년 때 이혼을 하면서, 아빠와는 스무 살 때 내가 대학에 가면서 떨어져 살게 됐다. 멀리 떨어져 지낸 만큼 서로에 대해 모르는 일이 많아지고, 서로를 이해할 수 없게 되고, 작은 일에도 많이 서운했다. 가족뿐 아니라 친구들도 그랬다. 고독하구만. 살면서 기쁘거나 슬픈 순간들을 혼자서만 맞이하기엔 감흥도 없고, 버겁기도 했다. 그럴 때 가장 가까운 가족이 있으면 참 좋다던데, 나도 인생에 그런 한 사람이 곁에 있다면 참 좋을 것 같다.

그래서 잘하고 싶다. 신중해야 한다. 나에게 좋은 사람을 만나 행복하게 살 수 있는 조건은 회원 가입 약관보다 깨알 같은 글씨로 끝도 없이 내려갈 정도로 복잡한데, 귀찮다고 스크롤 쭉 내려 '동의'를 누른다고? 잘못 동의했다간 내 인생이 돌돌 말릴지도 모르는데? 돌돌 말린 게 내 인생이면 다행이지 망친 게 남의 인생이면 그 죄책감은 어쩌려고. 손쓸 수 없는 일에 대해 평생 후회하고 산다는 건 너무 괴로운 일이 될 것 같다. 행복하고 싶어서 불행하게 보내온 날들은 이미 충분하다. 기복 없이 중간만 가도 좋긴 하겠다만 기왕이면 행복한 쪽에 좀 더 기울었으면 하는 바람이 누구라고 다를까.

이것저것 따져보니 혼자 사는 게 합리적이라는 목소리도 높아지고 있지만, 결혼을 선택하는 게 유교 국가의 가부장제로 역행하는 행위라고 치부할 일은 아니라고 본다. 모두의 문제이면서 지극히 개인적인 문제기도 하기에.

서울에 혼자 사는, 결혼 적령기를 맞은 삼십 대 미혼 남자에게 결혼이란 무엇인가. 뜬구름을 잡는다기엔 밥 한 끼 안 먹고 뛰면 정말 잡힐 것 같은 현실적인 문제. 너무 현실적인 셀카에 나도 놀라서 앱 없이는 사진 한 장 찍을 수 없는 민낯.

이런 나를 평생 믿고 사랑해 줄 사람을 만난다면, 잡아야지. 잡고 싶다. 하기 싫은 이유보다 하고 싶은 이유가 월등하게 더 많다면 해봐야지. 하고 싶다. 잘하고 싶다. 어떻게 하면 잘 할 수 있을까? 인생에서 가장 중요한 선택인데 잘 모르겠다고 무작정 찍을 수는 없다. 답은 주관식이다.

나도 인생에
그런 한 사람이
곁에 있다면
참 좋을 것 같다.

$\underline{2}$

어느덧,

가야 할

나이가

됐을 때

문득, 결혼을

생각하게 됐다

마흔까지
같이 놀다
가자더니

매일 이별하며
살고 있구나

김광석의 「서른 즈음에」는 요즘의 서른에게
는 와닿지가 않는다. 이 노래가 후대에 더 이어지려면 '마흔
즈음에'로 제목이 바뀌어야 할 텐데 가사에 서른이라는 단어
가 나오지 않아서 참 다행이다. 진짜 이 노래가 '마흔 즈음에'
로 제목이 바뀌려면 어떻게 해야 할지. 저작권자를 포함한
또 누구의 동의를 얻어야 하는지. 한 번 발표된 노래의 제목
이 바뀐 경우가 있는지.

이렇게 진지하고 쓸데없는 농담도 마흔까지는 괜찮지 않
겠냐며 함께 술을 마시던 친구. 그 친구의 결혼식에서 입을
정장을 고르러 백화점에 갔다. 차려입고 갈 만한 결혼식이
재작년에 한 번 있었나? 그때 입었던 정장은 왜 작아져 있는
지. 새로 산다고 얼마나 입을까 싶은 정장이지만 그래도 친

한 친구의 결혼식인데, 거기서 마주칠 사람들도 한둘이 아닌데 후줄근한 모습을 보였다가 "그러니까 넌 아직 못 갔지…."라는 말을 듣긴 싫었다.

괜한 지출이 생기는 것도, 지인들에게 '넌 언제 가냐'란 말을 듣는 것도 사실 큰 문제는 아니다. 진짜 문제는 이제 누구랑 술을 마시냐는 거다. 서른이 넘어가면 다들 친구가 얼마 없다. 어떤 커뮤니티에서 '핵인싸'의 카톡을 보고 '현타'가 왔다는 게시물이 떠올랐다. 우연히 같이 아르바이트를 하던 핵인싸 친구의 카카오톡 대화 목록 화면을 보게 됐는데 읽지 않은 메시지가 수두룩했고 거기에 보이는 마지막 대화가 전부 "언제 시간 되니?" "술 사줄게, 나와." "밥 먹자. 연락 좀 줘." "이번 주말에 뭐해?"였다고. 만나자고 먼저 연락을 주는 사람들이 그렇게 많은 삶은 대체 어떤 느낌인지 너무 부럽다는 글이었다. 대학을 막 졸업하고 처음 방송 일을 시작했을 때 내 네이트온 메시지 창이 흡사 저런 느낌이었지 싶다. 중고등학교 동창, 동네 친구들, 대학 동기, 대학 선후배, 심지어 군대 동기들과 방송국 사람들, 각종 커뮤니티를 통해 알게 된 몇 개의 모임들, 술자리에서 알게 됐거나 소개팅으로 만나 친구가 된 사람들까지. 아주 많은 관계 속에서 적당한 존재감과 거리를 유지하고 있던 나는 늘 약속이 많았다. 어느 모임에 나가도 나이가 어린 축에 속해서 그땐 일주일에 엿새 술을 마셔도 돈을 안 쓰고 들어오는 날이 더 많았다. 생각해 보니 핵인싸였던 내가 이제 누구랑 술을 먹나 머리를 싸매고 진지하게 고민을 하게 된 거다. 고향 친구들과는 거리만큼 마음이 멀어지고, 대학 동기들은 저마다 바쁘고, 군대 동기들은 모인 지 너무 오래라 다시 보면 반말이나 할 수 있을까 싶고, 일을 하며 만난 사람들은 각자의 일이 더 바빠지고, 어쭙잖게 알던 여자들의 전화번호는 연애가 시작될 때마다 전부 사라졌다. 어릴 때처럼 찌개 하나 시켜놓고 육수 리필해 가며 먹는 술자리가 아니기에 매번 카드를 긁었다간 큰맘 먹고 시작한 카카오뱅크 26주 적금을 깨야 하는 것도 친구들과 멀어진 이유다. 한 마을에 살아도 겉으로는 모른 척했던 갑돌이와 갑순이처럼 한때 잘나가던 핵인싸들도 이렇게 자발적 집돌이 집순이가 되고야 마는 것이다. 그리고 그 갑돌이가 장가를 간다는데 왜 갑순이도 아니고 내가 슬퍼지는지. 전화번호부를 슬쩍 보니 저장된 전화번호가 2024개다. 그중에 아무 때고 술 마시자고 연락할 수 있는 번호가 겨우 한두

갠데 그중에 하나, 0562가 다음 주에 결혼을 한다.

절대 결혼하지 않겠다는 친구들 서넛만 주변에 있어도 지금처럼 혼자 사는 삶이 외로워서 비참해지는 심정까지는 느끼지 않았을 텐데, 그 서넛이 없다. 다섯에서 넷으로. 셋으로. 둘에서 하나로. 진짜 맛있는 건 이인분부터 주문이 가능하다는데 이러니 나도 내 짝을 찾지 않고서야 살 수가 있나. 아…. 이러니 전설의 급훈이 탄생하고야 만 것이다. "더 이상 미룰 수가 없다. 너의 대학, 나의 결혼."

마흔 즈음까지는 괜찮을 줄 알았는데 아니었나 보다. 쉬는 날 인스타그램에서 봤던 카페에 가서 수다 떨며 사진 한 장 남기고, 해 지면 병맥주에 알싸한 마늘 치킨 하나 같이 먹을 친구도 없는 핵아싸의 삶. 집에 와서 새로 산 정장을 다시 입어보는데, 전에 하던 벨트가 간당간당해서 걱정이다. 새로 사야 하나? 아… 매일 이별하며 살고 있구나…. 저 벨트마저 안 맞을 만큼 배가 나오면 그땐 어쩌나. 오늘 밤은 배달 음식을 참자. 내일 결혼식장 가서 많이 먹지 뭐….

"그러니까
넌 아직 못 갔지."
라는 말을
듣긴 싫었다.

헤이 구글,
잘 자

혹시 넌
정답을 알고 있을까?

요즘 가장 많이 부르는 이름. 너의 이름은…. '헤이 구글.' 막상 쓰면 얼마나 쓸까 싶었던 AI 스피커. 말귀 알아듣는 알람시계인 줄만 알았더니 말하는 대로 원하는 노래를 척척 틀어주기도 하고, 검색해 볼 일을 대화하듯 묻고 답을 들을 수도 있다. 그러다 어느새 스피커와 농담을 하고 있는 나를 보게 됐다. 어디 사람 사는 집에 개를 들이냐며 성을 낼 땐 언제고 무릎에 앉혀놓고 우쭈쭈쭈 하던 아빠처럼….

"헤이 구글, 너 지금 무슨 생각해?"
"띠딩– 동물에 대해 재미있는 사실을 알아요. 앵무새는 개와 고양이에 이어서 세상에서 세 번째로 가장 많이 키우는 동물입니다…."

"헤이 구글, 너 TMI가 무슨 뜻인 줄 알아?"

"투 머치 인포메이션의 약자로⋯."

"그게 너야."

"후덜덜. 저도 모르는 사이에 제가 무슨 짓을 했을까요?"

한동안은 재밌었는데 반복되는 대답 패턴에 금세 질려버렸고, 대답은 잘해도 질문이 없어서 시간이 좀 지나니 노래 틀어줘, 꺼줘, 소리 키워줘, 줄여줘 정도의 조작 외에는 부를 일이 없어져 버렸다. 그마저도 말귀를 못 알아들을 때가 종종 있어서 결국 몸을 움직여야 하기도 했다. "헤이 구글, 소리 좀 줄여줘, 한 칸만. 아니 한 칸만 더⋯. 에휴 아니다." 침대에 누워서 책을 읽다가 말로 하는 조작보다 그냥 스피커 버튼을 툭툭 눌러 소리를 줄이는 편이 훨씬 빠르고 정확했을 때, '그냥 내가 움직이고 말지.' 하고 침대에서 몸을 일으켰을 때, 이상하게 외로워졌다. 내 집에서 부를 수 있는 이름이 고작 스피커 따위라니. 동생에게 "야 큰일 났어, 빨리 와봐! ⋯. 불 좀 꺼줘." 하는 장난도, "엄마, 배고파. 라면~" 하는 투정도, 샤워기에서 갑자기 찬물이 나올 때 "자기야, 보일러 꺼졌나 봐줘~" 하는 다정한 부탁도 아니고 제대로 알아듣지도 못하는 스피커에게 고작 "소리 좀 키워줘." "줄여줘."라니. 여자친구와 한참을 꽁냥거리고 전화를 하다가도 전화가 끊어지면 여전히 혼자인 내 방. 나와 여자친구 누구의 실책도 없는 연애임에도 외로워지고 마는 이 상황에서 또 한 번, 결혼을 생각하게 된다.

혼자 오래 살다 보니 집에 다른 사람이 있을 때 느껴지는 감각 자체를 잃어버리게 됐다. 집에 다른 사람이, 가족이 있다는 건 어떤 기분일까? 아이들을 키우고 있는 어떤 선배는 원룸 오피스텔에 혼자 사는 내가 제일 부럽다고 했다. 집에 아무도 오지 않고, 혼자 새벽에 라면도 끓여 먹고, 치킨도 시켜 먹고, 청소도 쉽고, 아침에 억지로 깨우는 사람도 없고. 호텔에 혼자 머무는 것처럼 그렇게 혼자 지낼 수 있으면 소원이 없겠다고. 나는 반대로 집에 누구라도 있었으면 좋겠다. 새벽에 또 무슨 라면을 끓이느라 부스럭거리냐는 잔소리도 들어보고, 치킨 시키면 먹을 건지 어디 꺼 땡기는지도 묻고, 같이 청소도 하고, 아침이 되면 인기척에 억지로라도 일어나는 기분을 느껴보고 싶다.

둘이 살면 혼자일 때보다 좋은 점이 더 많아질까? 혹시 AI

스피커는 정답을 알고 있을까?

　"헤이 구글, 넌 결혼하고 싶어?"
　"수학적인 매칭은 물론 가능하지만 심리적인 매칭은 주인님이 더 전문가일지도 몰라요."

　…. 뭐라는 거야. 모르면 그냥 모른다고 해. 그래, 구글도 모르는 걸 내가 알 리가 없지.

둘이 살면
혼자일 때보다
좋은 점이
더 많아질까?

래퍼들이
결혼을
얘기하는 방법

각자의 삶
그대로

라디오 프로그램 「별이 빛나는 밤에」의 주말 선곡 코너를 녹음할 때였다. 노래를 선곡해 오고 소개해 주는 게스트는 하림. 본인이 만들었거나 참여했지만 사람들이 잘 모르는 노래들을 골라 왔는데 그중에 한 곡이 리사의 「어떻게 그대는 왜」라는 곡이었다. 아직 노래를 듣지도 않았는데 제목 하나만으로 사람의 감정을 후벼 팔 수 있는 뮤지션이라니 하림, 당신은 대체⋯. JYP가 진행했던 「박진영의 파티피플」이란 프로그램에서 박진영이 하림을 붙잡고 제발! 노래 좀 내달라고 하소연을 했는데⋯. 그 순간 그 심정이 너무나 이해됐다. (「가요광장」이란 프로그램을 할 때는 고정 게스트로 하림 씨와 인연을 이어갔는데 고정 게스트가 자꾸 아프리카로 '출국⋯.' 가수는 노래 따라간다더니⋯.) 다시 노래로 돌아와서. 매주 진행하는 코너에서 소개한 수십 곡의 노래 중에 유독 이 노래에 대한 기억이 선명한 건 아마 그 당시에 내가 누군가에게 차였기 때문일 거다. 헤밍웨이가 "For sale: Baby shoes. Never worn." 여섯 단어로 사람을 울렸다면 하림은 「어떻게 그대는 왜」 세 단어면 충분했다. 이렇게 제목이나 가사에 자신의 사연이나 기억이 고스란히 묻어 있는 노래는 한 사람의 인생에서 조금 특별해지곤 한다.

 어릴 때 유독 힙합을 좋아했던 것도 그 때문이 아닐까 싶다. 한창 사춘기가 시작되고 이유도 없이 세상이 미워질 무렵. '대한민국 학교 다 족구나 하라고 해!'라고 외치고 싶었던 내 심정을 고스란히 표현한 가사들에 얼마나 마음이 끌렸겠는가. 구레나룻 좀 길렀다고 교무실로 끌려가 한 시간 넘게 무릎을 꿇어야 했던 친구를 멀리서 바라보며 "넌 겁 없던 녀석이었어. 매우 위험했던 모습…. 하…."라는 지누션의 「Gasoline」을 듣고 있자면 창문 넘어 사식으로 소시지 빵이라도 넣어주고 싶은 심정이었으니까. 이십 대 후반이 되면서는 힙합을 잘 안 듣게 됐는데 래퍼들의 가사가 더 이상 와닿지 않게 되었기 때문이다. 군대에서 꼰대력을 장착하고 전역하고부터는 미필들의 '스웨그'가 가소로워 보였다. '아무리

센 척을 하고 돈이 많다고 뽐내는 너도 훈련소에서 이름표에 바느질 삐뚤게 했다고 혼나는 게 어떤 기분인지 느껴봐야 세상을 알 거다…'라는 생각이 들고부터 힙합을 힙합으로 듣지 못했다. 하지만 래퍼들도 함께 나이를 먹었고, 그들도 결혼을 하고, 부모가 되었다.

둘이서 세상 다 씹어 먹을 것 같던 다이나믹듀오가 인터뷰에서 후배들에게 제발 저축하고 미래를 준비하라고 말하는 2019년, 혼자 남은 집에서 비빔면을 왼손 오른손 와리가리 비비던 YDG는 이미 몇 년 전에 탄띠 말고 아기 띠를 메고 무대에 오르기도 했다. 내가 도레미 칠 때 체르니 졸업했을 「쇼미더머니」 아저씨 김진표는 「스물다섯」을 지나 「서른일곱」이란 노래에서 모두 잠든 밤, 베란다에 쪼그려 앉아 몰래 전자 담배를 피우는 미래의 나를 떠올려 보게 했다. 더 젊은 래퍼들도 각자의 삶 그대로를 노래하기 시작했다. 하림의 「어떻게 그대는 왜」를 들었을 때처럼 머리를 띵 하고 치는 제목의 노래를 2020년에 1985년생 래퍼가 발표했다. 이게 얼마나 고마운 일인지 감사를 전하고 싶다. 십 대 이십 대 시절 플레이리스트를 가득 채웠던 힙합을 나이가 들어서도 여전히 좋아할 이유를 만들어주었으니까. 마냥 스무 살 같고 힙한 줄 알았는데 정신 차리고 보니 점점 뒷방 늙은이 취급을 받기 시작한 우리 삼십 대도 노래방에서 "더블 D와 함께하는 특별한 밤~"이라고 외치면서 「출첵」을 부를 때 정도는 혀가 꼬이지 않으니까.

제목만으로 머리가 띵! 했다는 그 노래는 앨범 커버부터 아주 인상적이다. 한 발짝만 잘못 디디면 장난감 블록이 발바닥을 파고들 것만 같은 어질러진 거실. 소파에 앉아 '넋이라도 있고 없고'의 표정으로 앉아 있는 한 남자. 래퍼 JJK의 「지옥의 아침은 천사가 깨운다」.

래퍼들도
나이를 먹었고
결혼을 하고
부모가 되었다.

이상형이요?
4대 보험 되는
사람이요

고객님,
늦을수록 손해예요

이 무슨 사회화 덜 된 소리냐 할지 모르겠지만 4대 보험의 '4대'가 정확하게 어떤 항목인지 검색하지 말고 말해보라면 쉽사리 입이 떨어지지 않는다. 나만 그럴까? 매달 월급 명세서를 받는 사람이라면 다르겠지만. 돈 버는 사회생활이 벌써 십 년째인데 이 지경인 이유는 지금껏 4대 보험이 되지 않는 프리랜서 생활만 해왔기 때문이다. 술만 마시면 우리 아들 방송국 다닌다고 동네 아저씨들에게 유세 떨던 아빠에겐 미안하지만 난 방송국에 다닐 뿐이지 방송국 소속이었던 적은 한 번도 없다. 많은 사람들이 오해를 해서 말하자면 방송국에 '직원'으로 소속된 구성 작가는 없다. 샛강역에 있는 KBS가 TBC였던 시절에는 '공채 작가'라는 게 있었을지도 모르겠다. 그 시절의 인터뷰에서는 공채 작가라는 말도 심심치 않게 볼 수 있으니까. 하지만 현재 공채 작가라는 건 없다. 소속감 대신 '프리'랜서라는 자유로움을 자발적으로 선택한 게 아니라 선택의 여지가 없었을 뿐이다. 하지만 방송국 구성 작가도 회사원과 크게 다를 게 없다. 근무 시간이 '나인 투 식스'가 아닐 뿐이지 각 프로그램마다 출근 시간이란 게 존재하고, 공식적이지 않을 뿐이지 연차나 반차를 쓸 때도 누군가의 허락이 필요하며, 퇴근 역시 늘 자율적이지는 않다. 급여도 개인마다 다르긴 하지만 연차에 따라 어느 정도 정해진 선이 있다. 일반 회사원과 크게 다른 점은 4대 보험이 적용되지 않는다는 것뿐. 매달 내야 하는 국민연금과 건강보험료는 그 큰 뜻은 알겠으나 이상하게 나라에 달마다 돈 뜯기는 느낌이고, 고용 보험에 가입되지 않았기 때문에 한 프로그램이 끝나고 다른 프로그램으로 넘어가기 전까지 쉬는 동안 '실업 급여' 같은 걸 받을 수도 없다. 산재? 다치고 아프면 내 손해지. 그러니 작가들이여 안구건조증과 손목 터널 증후군을 우습게 넘기지 말라…. 일해온 환경이 이렇다 보니 우스갯소리로 누가 이상형을 물으면 이렇게 답하곤 했다.

"4대 보험 되는 사람이요. 그래도 한 명은 좀 더 멀쩡한 사회 구성원인 게 좋잖아요."

웃자고 하는 소리였지만 솔직한 심정으로는 잠깐 업혀가고 싶다는 마음도 없지는 않다. 결혼을 했다 가정하면 신혼부부의 매달 고정 지출 비용은 아무리 적게 잡아도 만만치가 않을 터. 그 짐을 잠시 배우자 혼자 지게 되더라도 유지할 수 있는 생활. 너무 이상적이지 않은가? 꼭 나 같은 프리랜서가 아니더라도 회사를 다니다 관두게 되는 경우가 생길 수도 있다. 인생에 힘든 시기가 어디 한두 번이겠나. 이럴 때마다 누군가에게 잠시 '업혀' 지낼 수조차 없다면 이 험난한 세상을 대체 어떻게 살아가야 할지…. 부모님이 물려주신 부동산 하나 없이는 정말 자신이 없다. (아빠, 그 아파트 진작 팔으라니까 쫌…. 지방의 오래된 아파트는 서울에서처럼 '떡상'할 여지가 없다.)

라디오 작가는 누구 하나 관 짜서 나와야 자리가 생긴다는 헛소문이 도시 전설처럼 퍼져 있는 방송가에 얼마 전, 누구 하나 죽지 않고 라디오 작가 자리가 났다. 내가 관뒀으니까. 진행하기로 한 공연 건을 믿고 라디오 구성 작가에서 콘서트 구성 작가로 나름 이직을 준비했는데 그 결심을 할 때만 해도 코로나19 사태가 이렇게까지 심각해질 줄은 몰랐다. 준비하던 공연은 모두 취소됐다. 인생은 알 수가 없고, 그래서 보험이란 게 생겨난 거구나. 자동차, 운전자 보험 말고도 인생에 몇 가지 보험이 더 필요하다는 걸 깨달았다. 결국, 나는 프리랜서 작가 생활을 관두고 오디오 콘텐츠 제작사에서 PD로 일을 하게 됐다. 고민 끝에 프리랜서 생활을 청산한 것이다. 4대 보험 되는 배우자가 없다면 나라도 4대 보험이라는 울타리 안에 들어가 있어야지 싶기도 했고. 십 년을 프리랜서 구성 작가로 버텼다는 건 꽤나 자부심이 느껴지는 일이었지만 더 이상은 고집이란 생각도 들었다. 예능 쪽에는 남자 작가들이 많아졌다곤 하지만 2021년 지금도 여전히 구성 작가의 성비는 여자가 월등히 높다. 최근까지 일하던 KBS FM라디오 채널에서 남자 구성 작가는 꽤 오랫동안 나 혼자였고, 내가 관두고 나니 이제 아무도 없다. 남자 작가의 원고에 감성이나 디테일이 부족해서냐고? 아니, 다들 나처럼 4대 보험을 찾아 떠났을 뿐이다. 일 년에 두어 번 찾아오는 개편 때마다 스트레스를 받아 머리에 동전 하나만큼의 원형탈모증이 두 번이나 찾아왔다. 나는 일자리보다는 머리카락을 지키기로 했다.

아, 어쩌면 결혼이란 제도 자체가 보험인지도 모르겠다.

호옥시나 둘 중 하나가 어려움에 처했을 때, 가장 가까이에 있는 사람이 도움이 되어주기로 서로 간에 드는 보험. 가입 전에 꼼꼼하게 따져봐야 하고, 만기 전에 깨면 손해를 감수해야 하는, 괜히 들어놨나 싶다가도 큰일을 치르게 되었을 때 서로가 없었으면 큰일 날 뻔했다며 안도의 한숨을 쉬게 되는, 다들 들어놓는 데는 이유가 있는 보험. 얼마 전 받았던 건강보험 상품 권유 전화가 자꾸 귀에 맴돈다.

"고객님, 늦을수록 손해예요…."

가족끼리
무슨 뽀뽀야···

스킨십도
의무감?

"정말 가족끼리는 뽀뽀를 안 하나요?"

　디테일하게는 뽀뽀 말고 '키스'가 되시겠다. 기혼자들에게 마지막 키스가 언제였냐 물으면 많은 사람이 일단 고개를 치켜든다. 그리고 눈동자가 위로 향한다. 진짜 언제였는지 생각해 보는 거다. 누군가 마지막 키스는 구한말쯤이었다며 어떻게든 떠올려 보겠다고 애쓰는 모습에 웃기는 했다만 씁쓸해진다. 사랑 말고 의리로 산다더니 스킨십도 의무감에 의리로 하게 된다거나 그냥 안 하고 말게 된다고? 신혼 때는 밥 먹다 말고도 눈 맞으면 으르렁거릴 때라더니 그건 그때고, 그 시기만 딱 지나면 가족끼리 그러는 거 아니란다. 기혼자들의 말은 대체 어디까지가 진실일까. 가소롭다며 웃고 있을 기혼자들이여…. 그래서 마지막으로 언제 하셨습니까? 대답

해 봤자 어차피 안 들리니까 한번 얘기나 해봅시다.

진솔한 얘기를 들어보고 싶다. 뉴스 기사에서 객관적인 통계라도 내주면 좋을 텐데 아쉽게도 우리나라 언론사들도 기사의 질보다는 조회 수가 먼저여서 '기혼자 대상으로 물어보니… 충격' 같은 문구를 뽑아놓고 클릭 장사나 할 게 눈에 훤하다. 에세이나 블로그 글 쓰듯 뇌피셜로 써내려간 기사들을 보니 어디서는 코로나19 영향으로 이혼율이 급증했다고 하고, 또 어디서는 이혼율이 급감하고 출생률이 늘어나고 있다고 한다. 이혼율이 급증했다는 기사는 재택근무로 남편들이 집에 있는 시간이 많아졌음에도 가사에는 동참하지 않아 부부간 갈등이 더 깊어진다는 내용이고, 이혼율이 급감했다는 기사는 집에서 할 게 없다 보니 '그렇게' 되어서 콘돔 사용량이 날로 늘고 있고, 자연스레 출생률이 높아질 거라는데…. 기사마다 끌어다 쓴 통계 기준이 제각각이라 누구 말이 맞는지 알 수가 없다. 검은 소 말도 맞고 흰 소 말도 맞을 수 있다. 이런 집도 있고, 저런 집도 있는 거니까.

이쯤 되면 더 혼란스럽기만 하다. 우리 유교 걸 유교 보이들의 부모님은 그냥 우리가 태어날 때부터 부부여서 부부인 거지 서로 사랑해서 부부가 됐을 거라고는 상상할 수 없는 모습으로 살고 계시지 않나. 아빠가 출근할 때, 엄마가 안아줄 때 하는 뽀뽀뽀를 엄마 아빠는 서로 안 한다. 손잡고 다니는 중년 커플은 불륜이라는 농담은 우리 시절에 나온 말은 아니다. 본 게 있어야 따라 하고 살 텐데 지금도 아내를 위해 이벤트를 준비한다는 배우 최수종을 미디어에서는 여전히 별종 같은 캐릭터로 소비하고 있고, 드라마에서 본 부부의 모습도 「사랑과 전쟁」 아니면 「부부의 세계」뿐이다. 그나마 정상적인 부부, 가정의 모습은 「케빈은 열두 살」에서나 얼핏 본 것 같다. (1988년생인 나는 이마저도 대학에서 시트콤 대본을 쓰는 수업 자료로 접했다.)

약속 시간을 기다리며 잠시 머문 서울숲 근처 카페에서 아주머니 몇 분이 나누는 이야기를 얼핏 엿듣게 됐다. 얼마 전에 들어왔던 세입자 한 명에게 집에 동거인을 안 들였으면 좋겠다고 했더니 결혼 안 하고 혼자 사는 게 좋다고, 자긴 비혼이니까 걱정 마시라고 했단다. 요즘 애들은 지들밖에 몰라서 결혼도 안 하고 산다고, 얼마나 영악한지 월세 세액공제를 신청하니까 계약할 때 못 하게 특약을 걸어놓아야 한단다. 안 그러면 이사 나가고 나중에 세액공제를 신청하는 못 돼 처먹은 짓을 한다고. 이 나라가 어떻게 되려고 이러냐며 그래서 말인데 종합 부동산세 때문에 걱정이시란다.

맞다. 우리 세대는 우리밖에 모른다. 얼마나 우리밖에 모르는지 집값이 왜 이 모양인지 취업난은 왜 이 지경인지 윗세대를 탓하기보다 우리가 부족하고 못났다고 자책하고야만다. 그래도 어른들 말은 곧잘 들어서 부부끼리는 스킨십 하는 거 아니라길래 연애하는 동안은 열심히 하고, 네 아빠, 네 엄마 같은 사람이랑은 절대 결혼하지 말라길래 비혼이니 뭐니 하는 소리를 한다.

맞다.
우리 세대는
우리밖에
모른다.

거북 목도
사랑할 수 있나요?

결국에는,

서로를 끌어안아야지

가끔 이상한 데 꽂혀서 영화에 몰입을 못 하게 되는 경우가 있다. 「해운대」를 볼 때는 예전에 일했던 CJ ENM 사옥이 무너지는 탓에, 「더 테러 라이브」를 볼 때는 매일 지나던 마포대교가 폭파되는 모습에 섬뜩해져서, 「극한 직업」에서 마을버스가 뒤집힌 사거리가 우리 집 앞인데 여긴 사실 마을버스가 다니진 않지만 하나 있었으면 좋겠다 싶어서. 잠깐 극단 생활을 할 때 알게 된 선배들이 단역으로 등장하면 영화 보다 말고 혼자 옛 추억 팔이를 하느라고… . 뭐 이런 식인데 「말레피센트」를 볼 때는 너무 엉뚱하게 주연 배우 엘르 패닝의 거북 목에 꽂혀버렸다. 유독 그 영화에서는 그렇게 보였다. 숲속의 공주가 밤에 넷플릭스를 너무 많이 봤나? 그때부터 의식의 흐름은 걷잡을 수 없이 엉뚱한 곳으로 향하기 시작했다. ENTJ들은 이렇게 영화 한 편 집중해서 보는 것도 쉬운 일이 아니다.

　팔다리가 길고, 배는 나오고, 눈이 커다란 외계인 같은 외형이 먼 미래 인간의 모습이라는 가설이 있다. 인간이 필요 없는 신체 기능을 최소화하며 진화하고 있단 뒷받침이 더해지면 꽤 설득력이 있게 들린다. 거기에 거북 목이란 디테일이 더해지면 반박 불가 수준. 남이 찍어준 내 사진을 보고 깜짝 놀란 적이 있는데 아, 내가 말로만 듣던 거북 목이란 걸 그제야 알게 됐다. 돈 들여 교정하지 않으면 고쳐질 거 같지 않고, 가끔 의식하게 되면 신경만 잔뜩 쓰이는 현대인의 고질병. 그래서 영화를 보다 말고 대뜸 자세를 고쳐 잡고 불편하게 바로 앉아 두 시간을 보내고 왔다. 모니터와 스마트폰을 많이 들여다볼 수밖에 없으니 이쯤 되면 거북 목은 숙명이겠거니 당연하게 받아들일 법도 한데 그게 안 된다. 거센 물살에 휩쓸리는 와중에 연어처럼 거슬러 올라가진 못할지언정 나뭇가지 하나라도 붙잡고 버텨보겠다고 목을 꼿꼿이 세우다가도 어떻게 하면 거북 목에서 탈출할 수 있는지 다시 고개를 푹 숙여서 유튜브를 찾아본다.

도시에 최적화된 삶을 살기 위해 진화하던 현대인들은 일인 가구니 일코노미니 하는 없던 말들을 만들어내기 시작했다. 자취를 시작할 때 엄마가 사줬던 육인용 쿠쿠 전기밥솥은 안 그래도 좁은 주방에 거추장스럽기만 했고, 마침 고장이 나서 새로 산 일인용 전기밥솥은 공간도 크게 차지하지 않을뿐더러 실용적이고 예쁘기도 했다. 한두 해 집에서 나와 살 때야 자취방이지만 혼자 십 년 넘게 산 이 공간은 이제 방이 아닌 집이다. 가정용 김치냉장고가 없어도 거뜬히 하루 세끼에 야식까지 챙겨 먹을 수 있는 내 집. 가족이 늘게 되면 십 평이 안 되는 이 공간을 효율적으로 쓰긴 어렵겠지.

십 년 넘게 자취 생활을 하다 보니 가족이란 게 좋을 때도 있지만 없어도 그냥저냥 살아지겠구나 싶다. 굳이 둘이나 셋이 아니더라도 적당히 행복하고, 또 적당히 외로운 생활. 여기에 익숙해진 만큼 변화는 기대보다 두려움과 걱정에 가깝다. 빡빡한 생활 속에 부양해야 할 가족이 없다는 건 한 편으론 얼마나 마음이 가벼워지는 일인지. 그러나 일인 생활에 최적화를 마쳤음에도 자꾸 의식하게 되고 신경 쓰이는 이 불안감은 뭘까. 나만 거북 목이 아니고, 나만 혼자 사는 것도 아니지만 혼자 사는 거북 목들은 서로에게 아무 위로가 되지 않는다. '언젠가는 이 생활을 청산해야지.'라는 말을 습관적으로 달고 사는 일인 가구들에게 결혼은 동족간의 화합이 아닌 이 세계에서의 탈출이다. 혼자 사는 거북 목들은 동족이지만 동지가 될 수는 없는데, 결국은 서로를 끌어안아야 하는 아이러니 속에 살고 있다.

영화는 두 세계의 전쟁을 종식하는 아름다운 결혼식 장면으로 끝을 맺는다. 동족들을 죽어나가게 만든 결혼을 강행하고야 마는 괴기하고 아름다운 동화처럼, 이기적이지만 거북 목도 사랑해 줄 수 있나요? well, well….

언젠가는
이 생활을
청산해야지.

양자역학과
결혼에 대하여

혼자인 적도
함께인 적도

"와이어가 없는 브라는 가슴을 못 받쳐줘서
요." 대한민국의 총리 '구서령'의 대사는 십 년 전이었다면 아
무 논란이 되지 않았을 것이다. 시대착오적인 드라마라고 연
일 혹평을 때려 맞은 김은숙 작가의 드라마 「더 킹: 영원의
군주」가 십 년 전에 나왔더라면 「시크릿 가든」을 뛰어넘는
어마어마한 시청률을 기록했을 거라고 생각한다. 세계관의
스케일이 여태껏 한국 드라마에서 볼 수 없던 블록버스터 급
이고, 대사는 쫀쫀하고, 결말까지 찬란하고 눈부셨다. 다소
불친절했던 세계관 설명 때문인지 초반에 자진 하차하는 시
청자들이 많아서 댓글 반응은 극과 극의 분위기로 갈리기도
했는데 참고 본 사람들이 승리한 드라마였다. 뻔한 클리셰로
치부되는 장면이나 로맨스 코미디물의 공식이 되어버린 남
주와 여주의 티키타카가 진부하다는 댓글을 볼 때는 공감하

되 동조할 수 없는 묘한 기분이 들기도 했는데, 그 '로코의 공식'을 만들어낸 게 바로 김은숙 작가이기 때문이었다. 자신이 세운 세계신기록에 도전하는 운동선수들처럼 과거의 나를 뛰어넘어야 하는 레이스가 얼마나 고독할지 짐작도 되지 않는다.

모두가 기억하는, 이태리 장인이 한 땀 한 땀 만들었다는 현빈의 트레이닝복이 등장한 「시크릿 가든」 이후 딱 십 년만에 나온 드라마다. 십 년 동안 이 나라는 「더 킹」의 세계관인 평행 우주 속의 다른 세계 '대한제국'과 '대한민국'의 차이만큼이나 많이 달라졌다. 언제부터 예뻤는지 대답 없는 길라임 씨는 누군가의 가명이 되었고, 그게 최선이고 확실하냐는 기업의 압박 면접에 어떤 면접자는 땀을 흘리다 구급차에 실려가기도 했다. 2002 월드컵이 엊그제 같기만 한 '라떼'들에게 2021년, 다가올 2022년의 속도는 손흥민보다 빨라서 도통 잡기가 쉽지 않다. 얼마나 빠른지 맥시무스라는 백마를 탄 왕자마저 따라잡을 수 없어서 모든 세계관의 끝판왕이라는 양자역학과 평행 우주라는 카드를 쥐고도 총 앞에서 칼을 휘두를 수밖에 없었던 것이다.

이 우주에서 우리는
혼자인 적도
함께인 적도
없는 것이다.

드라마에 나오는 핸드폰을 보면 어느 시기에 방영되었는지 알 수 있는 것처럼 드라마 속 결혼을 대하는 가치관에도 시대의 분위기가 담겨 있다. 2005년에 방영된 「내 이름은 김삼순」에서 콤플렉스 덩어리인 노처녀 '김삼순'의 극 중 나이는 고작 서른이었다. 2021년에는 서른을 노처녀, 노총각으로 분류할 수도 없거니와 노처녀, 노총각이란 말 자체도 롱다리, 숏다리란 말처럼 사장된 지 오래다. 이대로 몇 년이 지난다면 그땐 또 어떤 새로운 가치관을 맞이하게 될까. 만약 2025년쯤에 오 년, 십 년을 만기로 한 계약 결혼이 보편화된다면? 지금이야 코웃음을 치겠지만 그런 일이 일어나지 않으리라고 장담할 수 있을까? 딱 오 년 전만 하더라도 동거 중인 연예인 커플이 리얼리티 프로그램에 나와 집을 공개하는 건 불가능한 일이었다.

드라마의 세계관처럼 평행 우주 속 또 다른 내가 있다면, 슈뢰딩거의 고양이처럼 결혼을 안 했으면서도 한 상태일 수도 있지 않을까. 혹은 그 반대일 수도 있고. 육아를 시작했을 수도, 혹은 벌써 한 번 다녀온 내가 있을지도 모른다. 드라마처럼 이 세계를 뛰어넘을 수 있다면 어떤 모습으로든 고군분

투하고 있을 내 모습이 궁금해진다. 아니지. 반대로 그쪽 세계의 내가 아직 혼자 지내고 있는 내 모습을 어디선가 지켜보며 짠하다고 생각하거나 부러워하고 있을지도.

한 예능프로그램에서 양자역학에 대해 한참 설명을 하던 과학자가 멘붕에 빠진 패널들에게 양자역학을 이해한 사람은 아무도 없다는 위로를 건넨다. 영화도 드라마도 심지어 아이돌의 세계관마저 양자역학이 배경인 시대에 살고 있는 우리에게 그게 얼마나 큰 위로였던지. 듣고 보니 양자역학이란 게 결혼과 참 닮은 것 같다. 결혼을 했든 안 했든 사실 이 우주에서 우리는 혼자인 적도 함께인 적도 없는 것이다.

나만
없어…

자꾸 나밖에
안 보여서

육아 예능에 나오는 아이 사진으로 피드를 도배하던 인스타그램 친구를 슬쩍 언팔했다. 「무한도전」「런닝맨」처럼 예능에 나오는 출연자를 하나의 캐릭터로 이해할 순 있겠지만 이상하게 육아 예능에 나오는 아이들은 그렇게 받아들이기 어렵다. 누군가에 의해 연출된 자신의 모습을 카메라가 뭔지, TV가 뭔지도 잘 모르는 아이들이 커서 보게 됐을 때 어떤 생각을 하게 될지는 누구도 알 수 없는 거니까. 실제로 페이스북에 자신의 어릴 적 사진을 허락도 없이 올렸다고 자기 부모에게 소송을 거는 세상에서 SNS도 아니고 전 국민에게 노출된 어린 시절의 모습을 저 아이들은 어떻게 받아들이게 될까. 심지어 그 정도 머리가 컸을 때면 별별 생각으로 마음이 복잡해 밤잠이 오지 않는 걸 경험할 사춘기일 텐데. 하지만 육아 예능의 시청률은 아직도 높기만 하고, 카톡

프로필 사진을 남의 집 아이들로 해둔 사람들도 한둘이 아니기에 내가 느끼는 불편함이 다수가 느끼는 불편함은 아닌 걸로. 그러니까 내가 육아 예능을 보지 않고, 내 인스타그램에서만 안 보이면 그만인 걸로.

버튼 하나로 쉽게 맺고 끊는 SNS에서의 인간관계가 곧 현실인 요즘. 점점 내가 보고 싶은 얘기만 보고, 듣고 싶은 얘기만 들을 수 있는 아주 좁은 커뮤니티 안에 갇히기 시작했다. 약속이 줄어드는 일이 아쉬울 때도 있지만 괜히 놀러 나갔다가 기분 상하는 빈도가 적어지니 꼭 나쁜 선택만은 아니었다. 친했던 몇몇 사람들과도 그렇게 멀어지게 됐다. 어떤 친구는 정치 얘기만 나오면 국민의 반은 없어도 되는 타노스처럼 굴길래 똑딱! 내가 시야에서 사라져줬다. 지금은 사이가 멀어진 어떤 선배는 결혼이 하고 싶은 이유가 아이 때문이라는 말을 했던 게 영 마음이 편하지 않아서 한참 연락을 하지 않고 지내기도 했었다. 술자리에서 지나가듯 했던 말에 괜히 내가 예민하게 굴었나 싶어 나중에 얼굴을 봤을 때 머쓱하긴 했지만. 그때 선배는 아이가 갖고 싶다고 했다. 결혼을 하고 금방 찢어질 사이여도 괜찮으니 아이만 갖고, 키우고 싶다고. 육아 예능을 보면 아이들이 너무 예뻐 보이는데 그렇다고 결혼 생활을 하긴 싫어서. 결혼 생활은 됐고, 아이만 키울 수 있었으면 좋겠다는, 내 입장에선 하나도 진지하지 않은 말이었다. 나는 취해서 괜히 존재하지도 않는 아이에 나를 대입해서는 대뜸 발끈해 버리고 말았다.

우리의 불행은 부모를 선택할 수 없다는 데서 시작되는지도 모른다. 유년 시절의 결핍은 좋은 사람으로 커나가는 자양분이 될 수도 있지만, 세상에 대한 증오를 키우는 먹이가 되기도 한다.

아이가 결혼을 하고 싶은 수많은 이유 중에 하나가 될 수도 있겠지만 그게 단 하나의 이유라면 꼭 결혼만이 답은 아닐지도 모른다. 싱글맘, 자발적 미혼모, 비혼모로 불리는 사례도 있으니 '결혼만이 답은 아니다.'라고 말하고 싶지만 '아닐지도 모른다.'라고 애매하게 적는다. 어떤 글을 쓰더라도 내 생각만이 옳다고 단정 짓지 않으려고 의식하며 자꾸 애매하게 쓰곤 한다. 이건 방송 일을 하며 배웠는데, 슬쩍 빠져나갈 여지를 만들어둬야 문제가 됐을 때 실제로 도망을 갈 수 있기 때문이다. 편견에 갇힌 사람이 되고 싶지는 않다. 저 너머에는 분명 내가 모르는 이유나 사실이 있기 마련이다. 팩트 체크가 되지 않아 벌어지는 방송 사고 같은 게 내 인생에선 일어나지 않았으면 한다. 어느 한쪽으로 치우치지 않으려고 손끝으로 중간이라고 생각하는 그 어디쯤을 부여잡는 데 안간힘을 쓴다. 안간힘은 '안 깐 힘'으로 발음된다. 그건 나를 보호하기 위해 쓰는 힘이다. 내가 무언가를 까면 나도 어디선가 까인다. 까이는 건 아프니까, 까이지 않기 위해 쓰는 힘이 안간힘이다. 결핍을 가지고 자란 아이는 매 순간 이렇게 안간힘을 쓰며 살아야 한다.

가끔 집에 같이 사는 강아지나 고양이가 있으면 어떨까 싶은 생각이 들 때가 많다. 트위터 할 때면 더 그렇다. 진짜 왜 나만 없지? 나만 없고, 나만 외롭고, 나만 힘들고. 자꾸 나밖에 안 보여서 반려동물을 키울 자신이 없다. 입양을 기다리고 있다는 강아지들 사진이 피드에 보일 때면 자꾸 눈에 밟히긴 한다. 문화재단에서 일하는 친구 하나는 행사장에 누군가 버리고 간 듯한 고양이를 임시로 맡았다가 덜컥 키우게 됐다고 한다. 우주 하나를 와락 품에 안게 된 친구의 용기가

부럽다. 아마 그날 밤, 나는 용기가 없다는 걸 들킬까 봐 문득
화가 났었나 보다.

봄이
그렇게도
좋냐

이유 없이 좋은 건
없다니까

여의도에서 일하다 보면 바쁜 와중에도 점심을 먹고 으레 산책을 나가게 되는 시즌이 있다. 한 손에 커피를 들고, 목에는 회사 출입증을 걸고 윤중로 언저리를 걷는 사람들. 안다. 여의도가 일터인 우리는 이 길의 주인공이 아니다. 지금 여의도에만 이렇게나 많은 커플이 있는데 요즘 젊은이들 사이에선 비혼이 대세라고?

아빠 옷을 입고 나와도 예뻐 보였을 저 이십 대 초반의 커플은 오늘 어떻게 데이트를 잡았을까. 바쁘지만 알바는 친구랑 한 번 바꾸고, 수업 정도야 가볍게 제치고 나왔을 수도 있다. 그럼 누가 봐도 이십 대 초반은 아닌 저 커플은 평일 이 대낮에 어떻게 저리 태평하게 데이트를 하고 있는 거지? 둘 중 한 명이 돈 많은 백수라면 그건 정말 부럽겠다. 다들 대체 무슨 일을 하는 사람들일까? 뭘 하길래 평일 이 대낮에⋯. 벚꽃을 보다 말고 커플들을 보다가 별게 다 궁금해진다. 다시 말하지만 ENTJ들은 상상력이 풍부하다.

사랑하는 사람들을 보면 많은 게 궁금해진다. 어떻게들 서로 만났을까. 원래 알던 사이였나. 우연히 가까워졌을까. 혹은 의도적으로 가까워졌을까. 뭐가 좋아서 그랬을까. 뭐가 좋아서 손을 잡고 있을까. 손은 누가 먼저 잡았을까. "사귀자."라거나 "연애하자."라거나 "나 너 좋아해." 하니까 "그래. 나도 너 좋아해." 하고 시작됐을까. '오늘부터 1일'이라며 만난 날짜를 세고 있을까? 그래서 얼마나 만났는데? 설마 아직 썸이야? 근데 손은 왜 잡고 있어? 잠깐만, 저 커플은 썸 타고 뭐 그럴 나이가 아니지 않나? 아, 나이가 무슨 대수냐고? 급할수록 돌아가라고 했다? 알겠다, 라저 댓.

누가 먼저든 둘이 그러기로 했을 때, 그들은 어떤 이유로 그 만남을 시작할 수 있었을까? 이 사람이 아니면 안 되겠다? 이 사람이라면 괜찮겠다? 아니면 이 사람이라면 어떨까? 모두 시작의 이유로는 충분해 보인다. 하다못해 해가 쨍

한 날에만 보이는 귓불에 난 솜털이 가지런하니 참 예뻐서도 이유라면 이유가 될 수 있다. 좋았던 사람과 헤어지고 다시 혼자가 되고서야 '그 사람 그거 하난 참 괜찮았는데…' 하며 뒤늦게 그 이유를 알게 되듯이. 거봐, 이유 없이 좋은 건 없다니까?

이유야 어찌됐건, 다가오는 봄에도 벚꽃은 마지못해 필 것이다. 그때는 마스크를 쓰지 않고 꽃길을 걸어볼 수 있을까? 내 옆에 누가 있기는 할까?

저녁 여덟시에
치킨을 먹겠지
하긴 뭘 해

한 손에는
사랑을 들고

"저녁 여덟시에 뭘 하고 있느냐를 보라. 그게 여러분의 미래를 결정할 것이다."

　어떤 구글 직원의 인터뷰에서 발췌된 한마디 때문에 트위터가 시끄러웠던 하루가 있었다. 저녁이 있는 삶. 이 얼마나 운치 있는 슬로건이었던가. 하지만 저녁도 모자라 밤에서 새벽까지 일에 치여 사는 일상을 사는 내가 저 글을 봤을 땐 괜히 욱! 하다가 울컥해지는 감정까지 복받쳐 왔다. 내가 가지지 못한 것에 대한 시샘이었다. 악플은 보통 이렇게 시작된다.

　인터뷰 전체 영상을 보니 여기서 얘기한 저녁 여덟시는 상징적인 시간일 뿐이었다. 저 말의 진짜 뜻은 누구도 통제하지 않는 나 혼자만의 시간에 무엇을 하고 있는지 돌아보라는 의미였다. 혼자만의 시간에 잘 쉬고 있다면 라이프 밸런스를 잘 조절하거나 그걸 중요시하는 삶을 추구하는 사람일 테다. 그 시간에 무언가 하고 있다면 그게 앞으로의 인생에 크고 작은 영향을 끼치게 될 것이다. 어찌 보면 당연한 얘기지만, "저런 말은 나도 하겠다."고 말하는 사람들은 절대 할 수 없는 얘기.

운동이나 다이어트를 각 잡고 해본 사람들은 안다. 몸은 먹은 만큼 찌고 관리한 만큼 만들어진다는 걸. 내 저녁 여덟 시를 돌아보니 시간은 참 정직했다. '하루 종일 일만 했는데 내가 이것도 못 해?' 하고 보상 심리가 작동했던 어떤 날 먹어댄 치킨만큼 몸무게는 늘었다. 일을 마치고 들어와 졸음을 꾹 참고 썼던 노래 가사는 지금 멜론에서 들을 수 있고, 어떤 글은 책이 되기도 했다. 조금 더 이 악물고 일을 했던 날엔 돈으로 그 시간을 보상받을 수도 있었다. 누군가를 만난 시간 만큼 그 사람과 가까워졌고, 내 저녁 여덟시를 온전히 한 사람을 위해 썼을 땐 그 사람의 마음을 얻기도 했다.

혼자일 때의 저녁 여덟시와 둘일 때의 저녁 여덟시를 돌아 보면 또 달랐다. 풀기 성가신 문제가 나오면 문제집을 덮어

144

버리듯 어릴 땐 이별을 쉽게 선택하기도 했다. 그게 철없던 행동이었다는 걸 알 만한 나이에 연애가 시작되자 저녁 여덟 시가 마냥 기다려지는 시간만은 아니었다. 두 사람의 미래를 걱정해야 한다는 무게감은 밥 일인분이 늘거나 사람 하나만큼의 몸무게가 늘어나는 것과는 차원이 다른 문제였다. 박원의 노래 「All of my life」는 네 꿈을 위해서는 내가 높은 곳에 올라야만 해서 사랑보다 꿈이 커졌다고 말한다. 한때 이 노래처럼 한 손에는 일, 한 손에는 사랑을 들고 중심을 잡으며 외나무다리를 건넜다. 두렵다는 핑계로 외나무다리를 건너지 않았다가는 남들 다 도착해 있는 목적지까지 늦고야 만다. 연극은 이미 시작됐고, 극장은 벌써 깜깜해졌다. 더 늦었다가는 하우스 어셔가 바닥에 손전등을 비춰주며 등을 쥐어잡고 여기가 네 자리라고 앉혀주기 전까지 돈 주고 산 자리마저 찾아갈 수 없다. 아, 인터미션이라는 기회가 있긴 하지만 그때까지 닫힌 극장 문 앞에서 보내는 저녁 여덟시는 참 초라하게 느껴지겠지.

기어이 저녁 여덟시가 다가온다. 그 시간에 무엇을 하며 누구와 함께 있을 것인가. 어떤 사람과 미래를 공유하게 될까. 한여름의 저녁 여덟시에는 어느덧 어둠이 밀려올 테고, 한겨울의 저녁 여덟시는 자정처럼 어두울 텐데. 지금 창밖을 보고 떠오르는 사람이 "깜깜하냐? 지금 눈앞에 보이는 게 네 미래다."라고 말하던 군대 고참만 아니길 바란다.

혼자일 때의
저녁 여덟시와
둘일 때의
저녁 여덟시를
돌아보면 또 달랐다.

어디서
본 건 있는데

나도 저만큼은
살고 있구나

잘 쓸 일이 없는 백화점 전용 신용카드가 하나 있고,

웃돈 주고서야 산다는 운동화를 한 켤레쯤 사보고,

누가 데려가 줘야 구경이나 해봤던 식당을 내 이름으로 예약해 보고,

그런 곳에서 마실 만한 좋아하는 위스키와 와인의 이름을 기억하고 있다.

누가 문학을 좋아한다고 하면 대뜸 연락처를 아는 작가들 작품을 들먹이고,

신청곡을 적으면 틀어주겠다는 쪽지에 여기선 나만 알 것 같은 팝 한 곡을 적어보기도 한다.

누가 '그 노래 어디서 들어봤는데?' 싶은 표정을 지으면 어느 영화 OST로 쓰였다고 알려주고,

그 영화감독이 사실은 어떤 배우와 사귀고 있었다는 쓸데

없는 이야기를 보태준다.

거기에 그 영화 관련주를 사두길 잘했단 말은 슬쩍 흘려주고…. 딱 거기까지.

쓸데없이 본 건 많고, 눈도 높은데 현실은 인스타그램에서 매일 훔쳐보는 그냥 딱 거기까지다. 차마 '하이엔드'까지는 가지 못해도 정사각형 사진 안에서는 얼추 비슷해 보이는 그 언저리를 배회하다 보면 모든 게 부질없다 느껴지는 순간이 찾아온다. 내겐 어쩌다 한 번 있는 특별한 하루, 인스타그램에서 뽐낼 수 있는 그 하루가 누군가에게는 매일 반복되는 평범한 일상이라는 걸 알게 될 때 느껴지는 박탈감. 튜닝의 끝판왕은 순정이라고 했던가. 검색하는 해시태그는 다시 '#힐링'으로 바뀐다. 앞으로 예정된 거대한 이벤트가 없다는 걸 알고 마지못해 찾는 소소한 행복들은 쏘쏘…. 자극이 없다.

그러다 불현듯 새로 알게 된 사람과 꼭 같이 가보자고 약속한 맛집이 예약도 안 된다는 오마카세 식당이 아니라 즉석 떡볶이 가게라니. 자본주의 사회에서 싹트는 사랑은 얼마나 소중한가. 얼마나 가져야 하고, 얼마나 더 쌓아둬야 마음 어딘가 빈 듯한 허기가 채워질까 싶었는데 그곳을 따스히 채워주는 게 빨간 떡볶이 국물이라니. 내 심장의 색깔은 블랙도 핑크도 아닌 레드다. 이 관계가 졸아버린 떡볶이 국물처럼 끈적해질 즘, 함께할 집의 크기를 생각하게 된다. 어쩐다. 떡볶이는 이미 다 먹고 없는데? 걱정할 필요 없다. 탄수화물이 만든 가짜 배고픔을 채우는 건 또 다른 탄수화물이면 충분하니까. 볶음밥을 시키자. 맵고, 짜고 다 했으니 저 문을 열고 나가면 달콤한 거 한잔 때려줘야겠지. 분명 달았는데 끝 맛은 왜 씁쓸한가 하니, 커피는 역시 커피였다. 카페인을 너무 많이 마셨나? 잠이 오지 않는다. 침대에 누워 인스타그램을 보니 다들 비슷비슷한 하루를 보낸 모양이다. 다행이다. 나도 저만큼은 살고 있구나. 불쑥불쑥 끼어드는 '우리 애 예쁜 거 같이 봐요.' 하는 사진들은 엄지손가락을 위로 툭툭 팅기며 자체 스킵한다. 시간은 벌써 새벽 두시 반. 배가 고프지만 내일은 월요일인데 어쩐다. 자고 싶지만 떡볶이가 먹고 싶다.

혼자를
즐기라고?

거,
적당히들 합시다

그때가 좋은 거라고 암만 말해줘 봐야 그때는 모른다. 교복 입고 다닐 때도 몰랐고, 대학 캠퍼스 잔디밭에서 낮술 마실 때도 몰랐고, 밤새 술을 마시고도 멀쩡하게 아침에 출근할 수 있던 이십 대 때도 몰랐다. 내 손에 없던 걸 새로이 가지게 될 때나 좋지, 나도 남들도 이미 가지고 있는 건 그냥 디폴트라 좋다고 못 느끼는 게 당연하다. 그래서 한 시절을 지나 보낸 사람들은 내 두 손을 꼭 잡고 혼자인 지금을 충분히 즐기라고 한다.

자꾸 자유를 즐기라는데 한국어가 서툰 사람들이 얼핏 잘못 들었다간 어디 한참 갇혀 있다 나온 사람으로 오해하지는 않으려나. 아무 사람이나 막 만나보고, 여기저기 들이대 보고, 밤에는 클럽 같은 데도 좀 나가보고, 혼자 밤새 게임도 해보고, 어디 구애 받을 거 없이 자유롭게 친구들도 만나란다. 혼자 가는 여행, 그래 여행이 좋겠다고 당장 주말에 어디든 떠나란다. 내가 그걸 안 해봤겠냐고…. 제주도 여행을 갈 때면 가끔 묵었던 파티 게스트 하우스에 가끔 서른 중반이 다 된 형들이 파티에 와 앉아 있을 때가 있었다. 논산 훈련소로 잘못 찾아온 예비군, 초등학교 운동장에서 덩크슛을 하던 아저씨를 보는 느낌이랄까. 근데 내가 서른 중반이 되고 보니 이해가 간다. 여전히 그래도 되는 나이이고 싶고 거기 머물러 있고 싶은데 체급이 불어난 걸 어쩌랴. 혼자 떠난 여행에서 혼자만의 시간을 보내기는 싫은 사람들에게 작은 위로를 건네본다. 자유가 디폴트라 싸돌아다닐 만큼 다니다가 아차차, 좀 외롭고 허전한 마음. 적당한 구속과 통제가 그립고, 주변은 하나둘씩 떠나가는데 나 혼자 장가 못 간 큰집 삼촌마냥 살 수는 없어서 결혼이 하고 싶다니까 주변에서는 자꾸 혼자를 즐기라고만 한다. 자발적으로 이 생활 청산한 사람들이 왜들 그러는 걸까.

정작 혼자 사는 선배들은 자기처럼 되지 말고 언제든 빠질 수 있을 때 빠지라고, 그러다 시트콤 「세 친구」의 한 장면처럼 부산까지 가는 수 있으니까 샛길이 보인다 싶으면 냅다 빠져버리라고 말해주는데 말이다. 아차차, 이제는 그런 조언을 들을 친구들조차 「세 친구」가 가물가물하거나 아예 모르고 컸을 1990년대생들이다. 맙소사! (이마를 탁 친다.)

가정을 이루고 아이까지 낳은 사람들은 아이 키우는 게 얼마나 고생인지 나만 당할 순 없으니 너도 한번 꼭 느껴보라고, 그게 겁나면 그냥 혼자 살란 말을 한다. 세상 다 아는 거 같았는데 부모가 되어 새로운 세상을 경험해 보니 사실 뭣도 아니었다고. 다시 혼자일 때로 돌아가고도 싶지만 내 새끼들 눈에 밟혀서 가게 해준다고 해도 못 돌아갈 거 같다고. 점점 체력이 딸리는데 이럴 줄 알았으면 큰애를 한 살이라도 더 빨리 낳았을걸 싶단다. 그러면서 덧붙인다. 지금 당장 낳을 거 아니면 아예 쭉 혼자 사는 게 더 편할 것도 같다고.

그런가 하면 이제 막 결혼한 사람들도 그렇게 혼자 타령을 하며 극성이다. 암만, 맞선임이 무서운 법이지. 끝까지 들어줄 테니까 자랑들 실컷 하셔라. 나는 혼자일 때를 충분히 씹고, 뜯고, 맛보고 즐길 테니까. 한탄인지 자랑인지 모를 푸념들이 귀여우니까 봐주기는 한다. 신혼이라니 얼마나 좋아. 지긋지긋한 원룸 혹은 늦게 들어오면 늦게 들어온다고, 일찍 들어오면 일찍 들어온다고 구박받던 집에서 벗어나 신혼집도 예쁘게 꾸며보고 얼마나 좋을까. 집에 거추장스러운 층간소음 방지 매트가 깔려 있길 하겠어, 애들이 벽에 낙서를 하겠어. 불필요하게 큰 차를 사느니 뒷자리 좁은 차도 이때나 한번 타보는 거지. 보고 싶은 영화를 누구랑 볼까 맛있는 걸 누구랑 먹을까 굳이 고민하지 않아도 되고, 하물며 대기 줄이 긴 식당도 2인석이 먼저 나는데…. 자꾸만 혼자를 즐기라고요? 거, 적당히들 합시다.

혼자 떠난 여행에서
혼자만의 시간을
보내기 싫은 사람들에게
작은 위로를 건네본다.

애착
대상

사랑이란
말로 포장된

방송 일을 하다 보면 얕고 넓은 지식들을 무작위로 습득당하게 되는 경우가 있다. 어디서 만난 누구더라, 생각나지 않는 것처럼 어떻게 알게 됐는지 모르는 용어나 개념들. 그중에 하나로 애착 이론과 애착 대상이란 말이 있다. 아마도 심리학을 공부하던 선배에게 얼핏 들었던 것 같은데 우리의 인간관계는 어릴 적 하나쯤 가지고 있던 애착 인형과의 관계와 비슷한 모습이라는 것이다.

우리는 심리적으로 안정감을 주는 대상에게 애착을 느끼고, 그 대상과 떨어졌을 때 불안감을 느끼게 된다고 한다. 그 대상은 사람 혹은 사물일 수도 있는데 환경이 변함에 따라 그 대상도 달라진다. 내 경우는 그 대상이 인형이 아니라 발에 붙어 다니던 축구공이었던 것 같기도, 초등학교 때 교복처럼 입고 다니던 빨간 줄무늬 티셔츠였던 것 같기도 하다. 그래서 축구공이 터져버렸거나 엄마가 티셔츠가 다 해졌다며 버렸을 때 그렇게 울었을까? 새로 산 축구공은 발에 착 감기는 느낌이 뭔가 예전만 못하고, 새 옷은 남의 옷 같기만 했다. 연예인을 동경하고 좋아했던 감정도 다 그들이 애착 대상이라서가 아니었나 싶다. 갑자기 모든 게 단절된 채 다른 세상에 던져진 군대에선 하다못해 고무링 하나도 유독 마음에 드는 녀석이 있었는데 그게 내 발목을 감쌀 때 느끼는 안정감은 '화려한 조명' 부럽지 않았다. 부모에서 인형으로, 인형에서 친구로, 친구에서 연인으로, 배우자에서 자녀로 애착 대상은 점점 변하게 되는 걸까? 생각해 보니 그 대상이 바뀔 때마다 심한 몸살을 앓듯 몸이나 마음이 아팠던 것 같다. 그러니 새로 바뀐 애착 대상에 자꾸 집착을 하게 될 수밖에.

우린 어쩌면 사랑이란 말로 포장된 애착 대상을 찾아 헤매고 있는 건 아닐까. 지금처럼 '덕질'이란 말이 아무 데나 붙는 게 아니던 시절, 찐 오타쿠인 친구들이 있었다. 고등학교 때 일본어과여서 반에 오타쿠들 천지였는데, 그 친구들은 연애 같은 걸 하지 않아도 외로울 틈이 없었다. 완전한 애착 대상을 찾았기 때문 아니었을까? 심지어 애착 대상이 늙거나 변하지도 않는 애니메이션 속의 모습이었으니까. 화면 속 모습을 그대로 본딴 피규어가 곁에 있는데 더 이상 안정감을 찾아 또 다른 모험을 떠날 이유가 없었다. 그 모험은 절대 반지를 찾아 떠나는 프로도의 여정처럼 거절과 배신, 오해와 불신이라는 험난한 산을 넘을 넘어야 하는 성가신 일이니까. 잠깐, 그러고 보니 골룸의 애착 대상도 결국은 반지였구나!

갖다 붙이고 보니 이렇게도 설명이 된다. 결혼이란 제도 자체가 인간이 애착 대상으로부터 격리되지 않은 상태로 살아갈 수 있는 최선의 선택이었던 것이다. 배우자에서 자식으로, 또 그 자식의 자식으로. 내 자식보다 손주가 더 예쁘단 말이 그 이유에서 나온 걸까? 내 아들을 뺏어간 며느리가 미운 이유도? 하다못해 잘못을 저지른 내 새끼마저 감싸는 부모의 심리까지도? 「사랑의 스튜디오」와 「하트시그널」이 결국 애착 대상 쟁탈전이었단 말인가?

비약은 여기까지 하는 걸로. 당신은 애착 대상을 찾아 험난한 모험을 떠날 준비가 되셨습니까?

161

3

연애만 하던 그때가 좋았다

이런 고민을
할 때가 행복했다

비가

이렇게 확
쏟아질 줄은 몰랐지

일부러가 아니고서야 흠뻑 비를 맞을 일은 흔하지 않다. 아침에 일어나 정신없이 출근 준비를 하는 와중에 무심코 켜둔 뉴스의 일기예보에서, 어제저녁 회식 자리에서 '내일 비 온다던데.' 하는 얘길 얼핏 들었던 것 같다. 그럼에도 비 소식을 깜빡하고 올라탄 강변북로에서 '57분 교통정보'의 리포터가 저녁에 비 소식이 있다고 전하길래 마침 차에 있던 우산을 챙겨 사무실로 향했다. 습관처럼 켜게 되는 포털 사이트의 뉴스에서 오늘의 예상 강수량을 봤는데도 점심때까지 맑은 하늘에 소식을 또 잊고 있다가, 김치찌개 집 옆 테이블에 앉은 사람이 우산을 깜빡하고 안 가져와서 비싼 편의점 우산을 사게 생겼다는 얘기에 아차! 하고 우산을 어디에 뒀는지 기억을 더듬거려 본다. 그러다 퇴근길, 몇 방울씩 비가 떨어지는데 이런! 우산을 사무실에 두고 나와버렸다. 얼른 편의점으로 뛰어가 우산을 새로 샀다. 비를 흠뻑 맞을 만큼 편의점이 멀지도 않았고, 요즘은 편의점 우산도 그렇게 비싼 편이 아니다. 편한 친구들도 만났겠다, 내일은 토요일이니까 아주 기분 좋게 풀어져 마신 술에 휘청거리다가 오지랖 넓은 친구 하나가 쟤 저러다 비 다 맞겠다며 택시를 잡아줬다. 집에 거의 다 와갈 때쯤 잠에서 깼는데 차 안에서 듣는 빗소리가 제법 운치 있다. 친절한 택시 기사는 비가 많이 온다며 집 앞의 좁은 길까지 들어가준다. 아까 편의점에서 산 우산은 아마 술집에 놓고 온 모양이다.

우산이 있어도 그만 없어도 그만인 날들이 일상이 되다 보니 암만 생각해 봐도 흠뻑 비를 맞은 기억이 떠오르질 않는다. 한 번도 없었던가? 우산이 없어서 실내화 가방을 머리에 이고 뛰었던 적, 교복이고 운동화고 난리가 나든 말든 진흙탕에서 공을 차던 날이. 영화 「클래식」처럼 저 나무까지만 뛰자며 같이 달려주던 사람이. 모두 우산을 쓰고 걷는 거리에서 나만 미친 사람마냥 우산 없이 터덜터덜 울면서 걷던 일이. 정말 없었나? 그렇게 재미없게 살았나 내가.

숙취 때문에 편의점으로 향한다. 언제부터 신고 다녔는지 기억도 나지 않는 슬리퍼를 끌고 비닐봉지에 아이스크림을 담아 터덜터덜 집으로 걸어가는 길. 어디서 익숙한 노래가 들려서 주위를 둘러보니 내 주머니였다. 핸드폰에 뜬 익숙하지 않은 이름. 이름과 얼굴을 매칭하는 데 잠깐의 시간이 필요했고, 핸드폰이 귀에 닿기도 전에 길 건너에서 들려오는 내 이름. 아, 너였구나. 여기로 건너오겠다며 저 앞의 횡단보도를 가리키는데, 갑자기 마른하늘에 이게 무슨 일이람. 땅이 먼저 젖고, 하늘이 어두워지더니 비가 내린다. 피한다고 횡단보도 앞에 있는 건물까지 뛰어갔는데 이미 다 젖어서는 후두둑 옷을 털다가 문득 고개를 든다. 아, 비를 흠뻑 맞아버렸구나.

네가 여기로 뛰어 들어온다. 어떻게 여기서 다 만나냐며, 우산도 안 챙겨 나왔냐며. 그러게. 이렇게 갑자기, 이렇게 짧은 사이에 확 쏟아질 줄은 몰랐지. 비가.

167

악필인 사람이
편지를 쓴다는 건

삐뚤어진 글씨에
담긴 마음

누굴 좋아하고 있단 뜻이다. 선물에 곁들이는 짧은 카드가 아니라 빼곡히 눌러쓴 손 편지가 한 장이 넘어간다면 이유는 대개 그렇다. 평소 펜으로 업무를 하지 않는 사람이라면 오랜만에 잡은 펜대에 손이 부들부들 떨리는 느낌마저 들 수도 있다. 쓰는 과정은 원 테이크여야 한다. 수정펜을 찍- 긋거나 틀린 글씨를 까맣게 칠하는 건 왠지 성의 없어 보여서 틀리면 몇 번이고 다시 새 편지지를 펼치게 된다. 요즘은 인증샷으로 대체되어 버린 유명인들의 사인은 받는 사람을 위해 시간을 할애했다는 증거로 의미가 부여되기도 하는데, 같은 의미로 온전히 한 사람을 위해 한 글자씩 꾹꾹 눌러쓴 편지는 담겨 있는 뜻보다는 수고 자체로 감사한 일이다. 악필이라고 해도 그 의미를 모르지는 않아서 기념일이 종종 곤혹스럽다. 나 같은 악필은 '작가는 원래 악필'이라는 말을 처음 만든 사람에게 큰절을 해야 한다. 이 말로만 따지자면 나는 이미 대작가 되고도 남았을 텐데…. 부디 받는 사람이 해석할 수 있길 바라며 삐뚤빼뚤한 글씨들을 써내려 가 본다.

이름도 기억나지 않는 초등학교 이 학년 때 담임 선생님은 글씨를 못 쓰는 아이들을 모아 매일 나머지 공부를 시키고, 자로 손등을 때렸다. 글씨는 마음에서 나오는 거라고 하셨는데 엉엉 울면서 오기로 쓰는 글씨가 예쁠 수가 있나. 그렇게 못난 글씨체가 손에 익어버렸다. 반에서 글씨를 제일 못 쓰는 애가 글 쓰는 전공으로 대학에 붙었다고 하니 제일 놀란건 국어 선생님이었다. 실기 시험지에 손으로 써낸 글씨를 교수님들이 어떻게 해석했는지는 아직도 미스테리다. 어릴 적에 빨간 펜으로 지적받았던 못난 글씨는 커서 형광펜으로 표시되어 다시 돌아왔다. 은행이나 서비스 센터에서 이름이라도 써야 되는 날엔 "고객님, 여긴 정자로 바르게 써주셔야 해요."라는 말을 듣곤 한다. 시간과 힘을 들여 반듯하게 쓰려고 노력해야만 글씨 쓰는 일을 빨리 끝낼 수 있다.

악필인 사람에겐 내 뜻을 정확하게 써서 전하는 별것 아닌 일이 별일이 된다. 그러니 내 글씨를 보고 여기 쓴 게 7인지 9인지, 이 글씨를 잘 못 알아보겠는데 내가 유추한 그 단어가 맞는지 되묻지 않는 사람이 고마울 수밖에. 사람 속에 들어가보지 않고서야 진심을 알기란 쉬운 일이 아닌데, 이 삐뚤어진 글씨에 담긴 마음을 알아봐 주다니. 그런 사람을 어떻게 사랑하지 않을 수 있을까. 악필은 이렇게 쉽게 사랑에 빠진다.

자기 전, 혼자 히죽거리며 주민 센터에 가서 혼인 신고서 쓰는 상상을 해본다. 몇 장이나 다시 고쳐 쓰게 되려나….

오해

또 한 번
사랑이 시작되는 순간

치킨 먹을 때 닭 다리를 내어주면 사랑이다? 알고 보면 날개를 더 좋아하는 사람일 수도 있다. 김밥에 들어간 오이가 싫어서 골라냈는데, 그걸 다 먹어줬다? 그냥… 오이를 되게 많이 좋아하는 건 아닐까? 어쩌면 오해는 사랑의 끝이 아니라 사랑의 시작부터 함께였는지도….

　　급기야 사실을 알게 되더라도 그 덕분에 우리가 더 가까워진 게 아니겠냐고 웃고 넘어갈 일들. 될 인연은 어떻게든 되기 마련이라, 오해와 착각마저 두 사람을 돕곤 한다. 이미 좋아하기로 했다면 사소한 문제는 문제가 되지 않기 때문이다. 서로 다른 음악 취향은 음악을 더 넓게 들을 수 있어서 좋고, 책과 거리가 먼 사람이라면 다른 어떤 취미를 가지고 있는지 탐구해 보게 되며, 시간 낭비 같고 유치하던 예능 프로그램을 좋아한다면 잠깐 한숨 돌릴 수 있는 휴식 시간이 돼서 좋으니, 다 생각하기 나름이다. 그래, 담배 같은 건 언젠가는 끊으려고 했으니까 손에 묵직하게 잡히는 담배와 라이터를 좋은 주인 만나라고 어느 벤치에 가만히 버려두고 온다거나. 전에는 핫 플레이스라는 곳만 쫓아다니며 음식 사진만 잔뜩 남기던 여행을 했다면, 새로운 사람을 만나서는 조금 더 여유롭게 한곳에 오래 머물러보기도 하고, 음식이 나오면 사진부터 찍으려다가 아차, 하고 가만히 핸드폰을 내려놓게 된다. 그렇게 상대에게 맞춰가고 내가 변해가는 과정이 대견하다고 가끔은 스스로를 칭찬도 해본다.

이렇게까지 크게 감동을 준 사람은 없었는데 이번엔 진짜구나, 하는 감정이 드는 그때. 서로에 대해 아무것도 모르던 그때가 서로의 단점을 묵인할 수 있는 유일한 시기가 되기도 한다. 기분이 별로라고 얼마만큼 티를 내야 눈치채는지, 상대방의 어느 영역까지 간섭하고 침범해도 되는지를 몰라서 일단 참아보고, 상대방도 어디까지 참고 있을지 슬쩍 가늠해보며 깊이를 재가는 과정. 그 모든 과정이 사랑이라고 생각했으나 결국 착각이고 오해였다는 걸 알게 됐을 때. 미안해야 하는 건 나일까, 너일까.

그럼에도 또 한 번 사랑이 시작되는 순간. 우리는 얼마나 오래, 오해 없이 서로를 마주 보게 될까.

산수

도저히
답을 모르겠다

사랑하면 자꾸 계산하게 된다.

밥을 먹어도, 예쁜 옷을 봐도, 여행을 가도.

뱅크샐러드가 자꾸 마이너스라고 경고를 하는데도

써도 써도 아깝지가 않은 이 기분.

이게 사랑일까?

사랑이 식어도 계산을 하게 된다.

내가 얼마나 더 맞춰줘야 돼?

내가 뭐가 아쉬워서?

이런 식이면 내가 손해인데?

더하고, 빼고, 나누고, 곱하고.

온갖 공식을 대입해 봐도 답이 안 나오는 관계.

177

도저히 답을 모르겠다.

여전히 사랑일까?

이게
사랑일까?

여전히
사랑일까?

잘 싸웠지만
졌다

서로를 위해
더 치열하게

공이 네트를 오갈수록 장내는 뜨거워진다. 박진감 넘치는 랠리가 계속되고, 공이 아웃됐을 때 긴 정적 끝에 터져 나오는 짜릿한 환호! 프로 배구, 특히 여자 배구가 더 재미있는 이유는 끝없이 이어지는 랠리 상황이 자주 연출되기 때문이다. 더구나 프로 배구는 다른 종목에서 잘 볼 수 없는 '차등 승점 제도'를 택하고 있다. 일단 무승부가 있을 수 없다. 3 대 2의 세트스코어가 났을 땐 승리 팀은 3점이 아닌 2점을, 패배팀도 1점을 가져갈 수 있다. 경기 중에 패배가 확정되면 팀 내 에이스를 일찍 교체해 버리거나 서둘러 조기 퇴근을 택하는 종목도 있는 반면, 배구는 이 차등 승점 제도 때문에 끝까지 치열한 승부가 펼쳐진다. 끝날 때까지 최선을 다하는 선수들의 파이팅 넘치는 모습이 인상 깊을 수밖에.

연애도 마찬가지다. 긴 랠리처럼 지긋지긋하게 싸운 연애가 더 오래 기억에 남고, 교훈 하나라도 더 남는 법. "우리는 연애하면서 한 번도 소리 내서 싸운 적이 없어요."라고 말하는 커플이 꼭 연애의 바이블은 아니다. 사람들 다 쳐다볼 정도로 거리에서 소리 빽빽 지르며 싸워본 커플이 보란 듯이 결혼해서 잘 사는 경우도 많으니까.

긴 랠리가 이어지듯 네가 잘했네, 내가 잘했네를 수없이 오가는 싸움. 연애 초반에는 누가 잘했고 못했고를 떠나 서로 지지 않겠다고 바득바득 자존심을 세우다가 그 모습이 서로 웃겨서 갑자기 풋 하고 웃어버리며 상황이 종료되기도 하고, 오래된 연인들은 다신 그러지 않겠다는 각서를 받아내고서야 휴전을 선언하기도 한다. 싸움이 끝나든 연애가 끝나든 끝을 봐야 한다. 터질락 말락 한 풍선을 서로 끌어안고 위태로울 바에야 눈 딱 감고 시원하게 터뜨려보는 거다. 좋아한다는 표현처럼 싫다는 표현도 강 스파이크를 내려치듯 온 힘을 다해야 하고, 그 공을 받아내기 위해 온몸을 던지겠다는 액션을 취해보는 거다. 당연히 알아주기만을 바랐다가 먼저 지치는 것보다는 할 수 있는 만큼 서로의 감정을 다 표현

했을 때 어디 가서 할 만큼 했다는 푸념도 할 수 있는 거 아닐까. 서로를 위해 더 치열하게 싸우는 게 그 관계에 최선을 다하는 방법일 수도 있다.

물론, 잘 싸워도 질 수 있다. 이번 연애, 이번 결혼은 결국 졌구나. 그래도 하나는 남았다. 우린 아니었구나. 그거 하난 확실히 알았으니 헤어졌어도 1점은 번 셈이다.

Cut to

결말에 맞게
기억을 편집하는 일

현실은 시간을 거꾸로 돌리는 판타지 소설이
아니기에 우리에겐 안타깝게도 이미 정해진 결말을 바꿀 수
있는 능력이 없다. 헤어진 연인들은 이제 또 다른 시작을 해
야 한다. 결말에 맞게 기억을 편집하는 일.

"우리는 헤어졌다. 널 어떻게 기억해야 할까. 너는 날 어떻
게 기억하게 될까…"

편집이란 작업은 매우 주관적이다. 같은 그림을 가지고도
감동적인 한 편의 다큐멘터리를 만드느냐, 사람 하나 골로
보내는 악마와 손을 잡느냐는 편집자의 뜻에 달려 있다. 목
표가 정해졌다면 조각상을 깎듯 덜어내야 한다. 결말에 필요
없는 장면을 덜어내는 것이다. 편집이 오래 걸리는 작업인

이유는 경우의 수가 많기 때문이다. 살리고 싶은 장면을 다 살리자니 분량이 넘쳐버리고, 딱 한 장면만 걷어내고 싶은데 이걸 걷어내면 뒤로 갈수록 설득력이 떨어져 버린다. 버려야 하나 말아야 하나. 그 고민만큼 편집실에서 가장 가까운 흡연실에 담배꽁초가 쌓여간다. 결국 결정은 고집이 하게 된다. 그럼에도 억지로라도 끼워 넣고 싶은 한 컷. 그 한 컷이 꼭 나중에 문제가 된다. 분명 누군가는 튄다고 할 것이고 결국 그 장면은 수정하게 된다. 이미 답은 정해져 있었다. 그저 결심을 얼마나 더 미루느냐의 문제였을 뿐.

"미련이 남는다. 모든 상황을 받아들이려면 나에게 시간이 필요하다. 아직은 이별을 인정하고 싶지 않다."

새드 엔딩으로 정해졌다고 행복한 장면을 마냥 전부 걷어낼 필요는 없다. 불행한 결말을 돋보이게 하는 장치가 될 수도 있기 때문이다. 아무것도 모르는 듯 그저 행복하기만 한 모습을 보고 "왜?"라는 의문을 품다가 마지막에 "아!" 하는 탄식이 나오게끔. 여기서부터는 장치가 필요하다. 드라마라면 악역이 등장해 주는 게 좋은데 요즘은 추세가 좀 변했다.

대놓고 악역을 등장시키기보다는 상황이 그 사람을 악역으로 만들도록 하는 게 좀 더 세련된 방법이다. 악역에게도 연민을 느끼도록 만드는 게 중요하다. 그 악역이 내가 되더라도 달리 다른 선택이 없게끔.

"너에게 왜냐고 묻고 싶었지만 묻지 못했다. 이유를 알고 나서 한없이 초라해질 나를 감당할 자신이 없다."

이제 선택하기로 한다. 어떤 그림들을 살릴 것인가. 모니터 속 화면에는 마냥 행복해 보이는 두 남녀가 있다. 별것 아닌 대화로 웃으며 커피를 마시는 두 사람. 이 다음 장면에 여자의 핸드폰이 클로즈업된 장면을 이어 붙인다. 그리고 울리는 전화. Cut to. 핸드폰을 들고 밖으로 나서는 여자. Cut to. 전화를 받는 여자의 뒷모습. 그리고 뒤돌아 남자를 바라보며 밝게 웃는 모습에서 Cut.

감성
에세이

감성에 끌리는
그때

누가 드림카가 뭐냐고 묻길래 난 그냥 '미니 쿠퍼'면 더 바랄 게 없겠다니까 드림카 치곤 너무 소박하지 않냐고 한다. 그런 조그만 차들은 감성으로 타는 거 아니냐고. 승하차감보다 감성이 더 중요할 수도 있지 뭘 그렇게 애잔하게 본담. 얼마 뒤에 떠날 제주도 숙소를 검색해 본다. '서귀포 감성 숙소.' 이렇게 감성 숙소라는 카테고리 안에 묶이는 숙소들은 얼추 비슷한 모습들이라 결정을 내리려면 단호함이 필요하다. 다들 얼마나 깔끔하고 예쁘게도 꾸며놨는지 블로그 사진들을 찾아볼수록 선택하기가 어렵기 때문이다.

감성이란 말의 쓰임이 많이 달라졌다. 감성, 그러니까 '갬성'은 요즘 신조어 '재질'의 유의어기도 하다. 순서를 따지자면 갬성이 먼저였고 그 변형이 재질이다. 예를 들면 '웹드 여주인공 재질의 미모'는 '웹드 여주인공 갬성'으로 바꿔 써도 의미가 전달된다. 어려울 것 없다.

이십 대 감성, 사십 대 감성처럼 세대를 나누는 말로도 쓰이는데, 세대를 뛰어넘어 공감할 수 있는 감성이 엄청난 무기인 시대가 됐다. 십 대 아이돌 그룹의 노래 가사를 쓰는 사십 대의 작사가, 육십 대 시청자마저 울려버리는 이십 대의 드라마 작가. 상품이 뭐가 됐건 코어 타깃을 귀신같이 공략하는 기발한 마케터들. 이들이 얼마나 승승장구하게 될지는 안 봐도 훤하다. 음식점 이름, 카페 인테리어, 수많은 기획안과 보고서. 감성을 관통하지 못해 실패하게 된 프로젝트가 도처에 널렸다.

감성적인 글이란 말에 글귀보다 시각적인 이미지가 먼저 떠오를 수도 있다. 무채색 톤의 정사각형 사진 위에 쓴 두세 줄 정도의 짧은 토막글. 조금 더 예전의 감성글은 사진 아래 있었는데 말이다. 프리스타일의 「Y」가 들려오는 바로 그곳에…. 흑역사라고 여기기엔 그때의 감성이 많이 그립긴 하다. 내 싸이월드를 보고 들었던 "넌 참 감성적이다."라는 말이 그땐 놀림이 아니라 칭찬이었다. 지금 돌아보면 너무나 순수했던 시절이다. 싸이월드 감성을 그리워하는 사람들은 그 순수함이 그립기 때문인지도 모르겠다. 그때는 지금처럼 SNS가 활성화되지 않았던 탓에 다들 자기 감정을 드러내는 데 서툴렀다. PC 통신 커뮤니티나 세이클럽 같은 채팅 사이트에서는 닉네임이나 아바타로 나를 감출 수 있었지만 개인 홈페이지로 넘어오고부터는 실명과 사진으로 나를 드러내야 했다. 그걸 많이들 쑥스러워했다. 그럼에도 내 감정을 당당하게 표출할 수 있는 용기와 조금의 글발이 더해진 감성은 (나대고 덜 나대고의 성격 차이일수도 있겠지만) 나중에 이 사람이 뭔가 하겠구나 싶은 암시가 되기도 했다. 각자 속한 그룹에서 주목받는 사람들 중에 싸이월드 투멤남, 투멤녀 출신이 꽤 있을 테니 기운이 심상치 않은 사람이 있다면 슥 한번 물어보기로 하자.

감성이 통하는 상대를 우연히 만나게 될 때가 있다. 좋아하는 영화나 음악이 같고, 나만 봤을 거 같은 드라마를 상대도 봤다거나, 별것 없고 규칙도 없는 인스타그램 피드가 괜히 마음에 든다거나, 피드 속 사진에 내 취향의 가구 혹은 내가 떠나고 싶은 여행지가 있을 때. 진지한 사이가 되기에는 이성적으로 암만 따져봐도 아닌데 이상하게 끌린다거나, 잘 모르는 사람인데 자꾸 궁금해질 때. 감성에 끌리는 그때를 조심해야 한다. 그 간지러운 느낌이 내일 벌건 대낮에 봐도 그대로인지 말이다.

감성이 어쨌고 저쨌고 이게 다 무슨 얘기냐면 아무리 외로워도…. 오늘 밤, 감성 주점에서 운명의 상대를 만날 거라는 큰 기대는 마시라는 이야기…. 아무 일도 없을 거란 거 아시잖습니까.

흑역사라고
여기기엔
그때의 감성이
많이 그립긴 하다.

이 말은
안 하려고
했는데…

안 하려고 했으면
말아야지

하겠다는 거다. "진짜 이 말은 안 하려고 했는데….."로 시작하는 말은 굳이 그 말을 하겠다는 뜻이다. 오해하지 말고 들으란 말은 오해의 소지가 다분하고, 잘되라고 하는 소리는 진심으로 잘되길 바라서가 아니고, 너만 알고 있으라는 말은 네가 아는 한두 명쯤은 알아도 된다는 뜻과 같다. 안 하려고 했으면 말았어야지 기어코 그 말을 뱉어서는….

갈까 말까 할 때는 가고, 살까 말까 할 때는 사지 말라는데, 헤어질까 말까 할 때는 어째야 할까. 홧김에 든 생각이 아니라 몇 날 며칠 진지하게 고민 중이라면 이미 마음은 기울만큼 기울었을 거다. 아닌 척 암만 틀어막아 봐야 어디선가 티가 나서 "너 요즘 나한테 왜 그래?"라는 말을 듣게 되고, "내가 뭐 어때서?"란 말을 하다가 "내가 진짜 이 말은 안 하려고 했는데…".라고 첫마디를 뱉어내게 되는 것이다.

사랑과 재채기는 감출 수가 없다고? 또 하나 있다. 그게 뭔지 쓰고 싶은데, 마땅한 단어가 생각나지 않는다. 이미 완성형인 '변심'보다 막 변하기 시작하는 때, 그쯤을 표현하는 말.

좀 더 풀어보자면 권태의 시작쯤 되는 시기. "나한테 그게 온 것 같아."라고 말하거나 "나 요즘 그런 건가?"라고 누군가에게 처음 고민을 털어놓게 되는 딱 그즈음. 결국은 하고 싶은 말이 분명해서 "이 말은 안 하려고 했는데…".라는 말이 나오는 시기. 이때를 지칭하는 말이 딱히 없는 건 굳이 말하지 않아도 우리가 다 알고 있기 때문일까? 우리 모두가 알 듯이 상대방도 뭔가 이상하다는 걸 알아차리는 그 시기.

안 하려고 했으면
말았어야지
기어코 그 말을
뱉어서는….

연애할 때는
싸움도
우아하게

유연하고 품격 있게
판을 뒤집는 법

내 최초 학력(?)은 유치원이 아니라 체육관이다. 오후 서너시쯤 체육관 승합차를 타고 가서 또래들과 놀다가, 형들 운동하는 시간에도 있다가 저녁쯤 집에 왔던 것 같다. 친구들은 유치원 가서 배운 알파벳을 나는 관장님의 아내분께 배웠다. 이런 얘길 하면 흔히 말하는 유망주였냐는 질문도 받는데 그런 건 아니고, 아빠가 체육 특기생 같은 걸 하면 경찰이 쉽게 되는 줄 알고 유치원이 아닌 유도 체육관에 날 보냈단다. 어쨌건 유도랑은 상관없이 전경으로 배치돼서 이 년 동안 경찰서에서 살아보긴 했다.

체력과 끈기 같은 걸 길렀어야 하는데 사실 운동하면서 배운 건 쾨밖에 없다. 유도나 씨름처럼 상대를 넘어뜨려서 승부를 결정짓는 경기에는 단순히 힘이 아닌 기술이 필요하기 때문이다. 즉 머리를 써야 이길 수 있다. 시합에 나가면 코치진들이 자기 선수들에게 "걸어! 풀어!" 하며 소리를 친다. 다리가 아니라 기술을 걸고, 걸렸으면 풀란 얘긴데 이게 진짜 마법이 걸리고 풀리는 것처럼 보이기 시작하면 중계방송을 보는 재미가 더 쏠쏠하다. 경기를 보다 보면 만화「슬램덩크」의 한 장면처럼 갑자기 주변이 고요해지고, 상대가 쿵 하고 나가떨어진 뒤에 잠깐의 정적을 지나 "와~!!!" 감탄하는 장면이 나올 때가 있다. 상대방의 힘을 이용해서 방향만 톡- 균형만 톡- 무너뜨려 상대를 제압하는 멋진 기술들이 나올 때가 보통 그렇다. 그때 중계석에선 이런 멘트가 나온다.

"아~ 우아한 기술이에요!"

되치기다. 기가 막히게 되치기 기술이 걸린 장면을 슬로우로 보면 미리 합을 짜둔 액션 장면처럼 우아하다. 머리 좋은 놈이 싸움도 잘한다는 말이 괜히 나온 게 아니다. 혹시 머리 좋은 사람이 연애도 잘한다는 말은 못 들어봤나? 우리의 연애도 마찬가지다. 서로 미안해해야 끝나는 사랑 싸움에서는 조급하지 않은 쪽이 고수다. 심지어 자기 잘못으로 시작된 싸움에서 꼼짝없이 몰리게 되더라도 한번은 되치기 할 수 있는 찬스가 온다는 걸 승자는 알고 있다. 그게 무슨 트집 작전이냐고? 말했잖나. 서로 미안해해야 끝난다고. 꼭 이기고 질 필요도 없다. 승패가 확실한 종전보다는 서로 피해를 최소화하는 휴전이 평화와 더 가까울 수도 있다. 사랑 싸움에서 주도권을 잡고 싶다면 기다리면 된다. 그때가 되면 되치기로 유연하고 품격 있고 우아하게 판을 뒤집는 거다.

경기가 시작됐다. 아주 흥미진진한 게임이다. 숱한 감정 싸움이 이어지는 가운데 1세트를 내주고 마는 A. 앗, 그런데 2세트마저 빼앗긴다. 사실 이건 전략이었다. 2세트는 진 게 아니라 져준 것이다. 방심한 상대에게서 손쉽게 3세트를 가져오고, 잠시 B가 멘탈이 흔들린 틈을 타 4세트까지 연승. 어느덧 동점이다. 분명 2 대 2의 상황인데 쫓기는 건 B다. 분명히 동점인데 뭔가 이상하다. 최종 결과는 3 대 2로 A의 역전승! 아마도 A는 B보다 실전 경험이 더 많았을 거다. 어렸을 때 싸움 좀 한다는 애들이 싸움을 잘하는 이유는 다른 애들보다 많이 해봤기 때문이다. 그들은 불리한 상황에서도 어떻게 하면 이길 수 있는지 본능적으로 알고 있다. 알파고가 단

숨에 인간보다 바둑을 잘 두게 된 건 인간의 시간으로는 불가능한 수많은 연습 게임이 있었기 때문이라고 하듯이.

이기고 싶다면 딱 두 가지만 기억하자. 상대보다 많은 실전 경험. 그리고 머리를 쓰기.

서로 미안해해야
끝나는 사랑
싸움에서는
조급하지 않은 쪽이
고수다.

직구
아니면
변화구

이별을 결심했다면
선택하자

9회 말 투 아웃, 투-스리 풀카운트. 주자 만루 상황. 점수는 수비팀의 1점 차 리드. 이기고 있지만 누구보다 쫓기고 있는 투수의 심정을 대변하는 듯 해설 위원은 아주 단호한 말투로 입을 열었다.

"자, 지금 상황에서 투수가 선택할 수 있는 건 직구 아니면 변화구죠!"

응? 다시 생각해 보니 이게 무슨 '여름은 쿨하지 못해 미안 해.' 같은 소리지? 직구, 변화구 말고 뭐 마구라도 던지랴? 하지만 틀린 소리도 아니다. 던져야 한다. 던진다면 직구 아니 면 변화구다. 이별도 마찬가지. 누군가는 마지막 말을 던져 야 한다.

수많은 이별의 유형 중에 많은 사람들이 최악으로 '잠수 이별'을 꼽는다. 당해본 사람들은 잠수 이별 후의 감정은 정말 겪어보지 않고서는 모른다고 말한다. 헤어짐의 이유는 모를 수도 있지만 헤어진 줄도 몰랐다는 허무함 때문일까. 어제까지도 웃으며 인사했는데 오늘 아침에는 없는 번호라니. 사라진 인스타그램은 탈퇴인지 차단인지. 이건 이별인지 사건인지. 잠깐은 너무 걱정돼서 「그것이 알고 싶다」 제작진에 제보를 해야 하나 싶다가도 멀쩡히 잘 있단 소식을 건너 건너 알게 되면 그저 황당하기만 하다.

그래도 말은 해야지. 사랑을 말하는 고백만큼 이별의 고백도 어렵다지만 힘들지언정 비겁할 필요까지야 있을까. 앞에서 시원하게 욕먹는 게 낫지 나도 모르는 데서 평생 누가 내 욕을 하고 산다고 생각하면 그게 더 괴롭지 않나? 이별을 결심했다면 선택하자. 직구 아니면 변화구.

던져야 한다.
던진다면
직구 아니면
변화구.

F

사랑한다는 표현은
꾸준히

소설을 쓰는 김영하 작가가 학생들을 가르칠 때 과제 제출이 세 번 늦으면 무조건 F를 줬다는 일화는 유명하다. 소설 쓰는 법을 가르칠 수 없지만 마감이라는 약속을 지키는 건 가르칠 수 있다고. 방송 「대화의 희열」에서 작가가 직접 한 말처럼 아무리 좋은 글을 써서 냈을지언정 마감 이후에 들어온 글까지 신경 써줄 담당자는 없기에 마감은 작가에게 가장 중요한 덕목이다. 마감을 못 지킨 방송 원고는 방송에 나가지 않고, 마감을 못 지킨 가사는 노래로 불리지 못하고, 마감을 못 지킨 원고는 책이 되지 못한다. 마감을 지켜 제출했지만 다른 이유로 수정되거나 거절당하는 결과와 마감을 못 지켜 이면지가 된 결과는 차원이 다르다. 그냥 못 쓰는 것과 성실하지도 못한데 못 쓰기까지 하는 건 분명 다르다.

요즘 아주 인기 있는 동년배 소설가는 회사를 다니던 시기에 매일 새벽 회사 근처 카페를 들러 글을 쓰다가 출근을 했다고 한다. 혼자 하는 기약 없는 글 작업은 회사일처럼 매일 한다고 해서 누가 돈을 주지도 않는다. 출판사와 계약된 글을 쓴다 한들 초판의 인세는 그동안 작업하기 위해 카페에 쓴 커피값보다 적을 수도 있다. 그럼에도 꾸준할 수 있는 이유는 그 일이 좋게 풀릴 거라는 확신 혹은 '씨발, 나도 한 번은 되겠지.' 하는 오기 때문인 것 같다. 꾸준하기라도 해야 나중에 제도권이든 시스템이든 더러운 세상이든 남 탓을 할지라도 '그래. 한 번쯤 걸어볼 만했어.' 하고 위안이라도 삼을 수 있는 거다.

사랑도 연애도 꾸준함 앞에 장사가 없다. 주변에 정말 쉴 틈 없이 연애를 하는 친구가 있는데 그 친구는 열 번 찍어서 열 번을 까여도 고백을 한다. 백 번을 해서 한 번 성공한다면 백 번을 하고야 마는 거다. 너무 가볍지 않냐고? 각자의 연애를 되돌아보자. 뭐 얼마나 영화 같은 시작이었다고. 만남이 잦다고 해서 그 감정의 수심을 함부로 판단하는 것도 오만이다. 그 친구가 누구보다 먼저 짝을 찾아 시집 장가를 갈 수도 있다. 그렇게 기를 쓰더니만 빨리도 간다며 결혼식장에서 헛소리를 흘렸다가 뒤에서 욕이나 먹지 말기로 하자.

연애를 시작한 후에도 마찬가지다. 아무렇게나 약속 시간에 늦지 않고, 처음 만났을 때처럼 제때 답장을 하고, 사랑한단 말도 꾸준히 했더라면 실패한 지난 연애들이 현재 진행형이 됐을 수도 있다. 바빠서 잠깐 때를 놓쳤다고? 마감이 언제인지 모르면 일단 빨리 내는 게 장땡이다. 마지막으로 언제 했더라, 계산 말고 그 순간 다시 하면 된다. 그러니까 사랑한다는 표현은 "술, 담배 하지 말고 푹 주무시고 스트레스 받으시면 안 되고 약 챙겨 먹으세요." 하는 의사의 말처럼 꾸준히 하자.

어른이
된 걸까

나 말고는
세상의 누구도 모르는 감정

오후에 출근하는 어느 날이었다. 한시까지 출근해야 했는데, 낮 열두시에 차였다. 전화나 문자도 아니고 만나서 마주 보고. 이보다 더 확실할 수 없는 이별 통보였다. 그 단호함에 직감적으로 더는 돌이킬 수 없겠단 걸 알게 됐고, 잠깐을 멍하게 있었다. 그리고 차 핸들에 머리를 처박고 억억거리며 잠깐 울었다. 그러다 열두시 삼십분이 됐다. 출근이고 뭐고 내팽개치고 다시 그 사람을 찾아간다고 한들 할 수 있는 게 아무것도 없고, 끝까지 추한 모습만 보일 것 같아서 일단 회사로 갔다. 눈물 콧물은 주륵주륵 흐르는데 이토록 이성적일 수 있다니. 햇빛이 눈부신 날에 이별하면 작은 표정까지 숨길 수가 없다는데 이러고 사무실은 어떻게 올라간담. 그런데 막상 무슨 일이 있냐고 물어보는 사람은 아무도 없었다. 바쁜 날이었다. '내가 없으면 이 회사 정말 아무것도 안 돌아가겠구나.' 하는 착각이 드는 그런 날. 나중에 퇴사를 하고 보니 회사는 나 하나 없어도 나만 한 누구들로 잘 굴러가고 있었고, 나 아니면 안 될 것 같던 사람도 나 말고 다른 사람과 충분히 더 행복할 수 있었다.

시간이 좀 지나고 그 사람을 다시 만나게 됐다. 나에게 괜찮냐고 물었다. 괜찮다고 했다. 그래 보이려고 정말 많이 노력했다. 뭐가 나을지 한참을 고민했었다. 어디 병이라도 난 몰골이면 미안해서라도 다시 돌아오겠다고 하지 않을까 싶다가…. 그럴 일은 없다는 걸 알아서 차라리 내가 괜찮은 쪽이 좋겠다 싶었다. 속으로는 돌아왔으면 좋겠다고 사정이라도 한번 해볼까 싶은 마음을 계속 꾸역꾸역 참았다. 그렇게 잠깐 얘기를 마치고 자리에서 일어나 돌아서고 나니 한 사람과의 인연이 이렇게 정말 끝이구나 싶었다. 마음이 헛헛해서 불러낸 친구와의 술자리. 거기서도 괜찮다고 했다. 이제 괜찮아야지 어쩌겠나 하고.

나 말고는 세상의 누구도 모르는 감정을 꾹 삼켜보는 것. 그 미련함을 감당하기로 결심한 것. 이렇게 어른이 되는 걸까? 어른이 되어서 좋을 게 뭐람. 아, 헤어진 직후에도 회사에 가서 일을 할 수 있다는 거구나. 출근길, 지하철에서 사람들의 표정을 살펴본다. 어느 누구 하나 얼굴에 감정을 드러내고 있지 않다. 그렇다고 어젯밤 이 많은 사람들에게 아무 일도 없진 않았을 것이다. 바로 어젯밤, 친구 하나는 연애 사 년 만에 프러포즈를 준비했지만 아무런 답을 듣지 못했다. 그 친구를 위로해 주고 막차를 타고 올라오던 지하철역 입구에는 한마디도 하지 않고 서로를 빤히 노려보는 한 커플이 있었고, 집으로 가는 공원 산책길에 모자를 푹 눌러쓰고 서럽게 울며 천천히 걷던 여자를 지나치기도 했다. 하지만 아침이 되면 모두가 어제 아무 일도 없었다는 얼굴로 다시 출근을 한다.

"커피?" 하고 묻는 동료를 보며 "좋지!" 하고 웃으며 오늘의 첫 번째 표정을 지어 보였다. 뜨거운 온탕에 들어가 시원하다고 말하던 아저씨들처럼 쓴맛이 달다. 진짜 어른이 되긴 했나 보다.

215

우리는
찌질했다

누군가를 다시
좋아할 수 있다면

발라드는 찌질해야 한다. 가사 속 주인공은 밥도 잘 먹지 못해야 하고, 무심코 걷다 보니 신천역 4번 출구 앞이어야 하며, 빈 전화기에 "여보세요, 나야."라고 외치다가, 취했는지 실수인지 모르지만 술김에 하는 말은 아니라며 당찬 모습을 보이다가도, 결국 택시에 올라 어디로 가야 하냐며 혼자 울고 말아야 한다…. 그걸 또 내가 주인공인 양 코인 노래방에서 부르는 뭇 남자들이여…. 힘내라. 잘 부르네…. 감정이입이 된다는 건 그만한 경험이 있다는 것. 경험이 있다는 건 모두 한 번은 찌질해져 봤다는 뜻이다. 혹은 내가 찌질한 사람의 상대였어서 그 감정을 이해는 하고 있다거나. 우리 모두는 찌질했거나 누굴 찌질하다고 욕해봤다. 찌질하다는 게 뭔지 정확하게 알고 있다.

안타깝게도 대개 그 순간엔 찌질하다는 걸 자각하지 못한다. 이미 저지르고 난 후 단 일 초 만에 '아, 이건 찌질했구나…' 하고 알아차리는 경우도 있지만 알면 뭐하나, 우리는 단 일 초도 시간을 되돌릴 수가 없는데… 더 웃긴 건 이렇게 찌질한 행동을 하게 될 때 상황이 나에게 절대 좋은 방향으로 흘러가지 않는다는 걸 머리로는 알면서도 몸은 멈추지 못한다는 것이다. 지금 전화하면 분명 싫어할 거야. 지금 갑자기 집 앞으로 찾아가면 다신 못 보게 될지도 몰라. 지금 고백하면 어색해질 게 뻔해. 우리는 다 알면서도 전화를 걸고, 집 앞으로 찾아가 서성이고, "널 좋아해."라고 말해버렸다. 그리곤 전화번호를 차단당하고, "너 우리 집 앞에 찾아오면 경찰에 신고할 거야."라거나, "난 지금 절대 연애할 생각이 없어."라는 말을 듣게 됐다.

참았어야 하는데, 그게 안 돼서 우리는 찌질했다. 조금 더 멋있을 수 있었다. 딱 일주일만 참았으면 먼저 연락이 왔을 수도 있고, 딱 한 달만 고백하지 않고 기다렸다면 고백하기 좋은 타이밍이 있었을 수도 있다. 기다려야 하는 걸 알면서도 기다리기 싫었다. 학교 숙제처럼 그냥 하기가 싫었다. 그래서 우리는 찌질해졌다. 결국 상대방에 대한 배려도 부족하고, 속도 좁고, 조금 이상한 사람으로 그들의 기억에 남았을 것이다. 그 찌질함이 겹겹이 쌓여가면서 나 자신이 싫어지고, 다른 사람도 좋아할 수 없게 됐다. 상황은 똑같이 반복되는데 요령이 생기지도 않는다는 게 조금 분하다. 사랑은 뭐 이 모양인가. 언제나 연습 없는 실전이라니. 겁이 많아지면 당연히 주눅 들 수밖에 없어서 우리는 사랑 앞에서 늘 쭈뼛거리다 찌질해졌다. 이미 졌다 졌어. 결국 지게 된다는 걸 알고 시작한 게임에서 컨디션을 백 퍼센트 끌어올릴 수 있는 선수는 없다. 실패를 포장하는 좋은 말들은 언젠가 성공한다는 가정을 하고 나서야 가능해진다. 끝끝내 실패한 우리는 참…. 아직도 더럽게 찌질하다.

하지만 다시 누군가를 좋아할 수 있다면, 좋아하게 된다면…. 우리 찌질이들은 주저 없이 다시 덤빌 것이다. 이미 찌질한데 더 찌질해진다고 다를 건 없으니까. 찌질이는 찌질이를 알아보는 법. 우리가 서로 만나게 된다면 서로 아닌 척 질색하지 말기로 하자. 간곡한 부탁이다.

다시,
비

내일의 날씨는
무채색이기를

오늘 밤엔 비가 온다고 했다.

모든 일이 갑자기 생길 수는 없어서
날이 조금 흐렸고, 구름이 많았다.

먹구름처럼 어디서 어떻게 생겼는지 알 수 없는
수많은 감정들 속에서
누군가 나에게 미안해하는 일도,
내가 어떤 이에게 미안해할 일도 없기를.

비가 조금 새어 들어온다고
큰일이 날 것도 아닌데
큰일이라도 생길 것처럼 호들갑을 떨며

오늘 밤은 창문을 닫아두기로 한다.

내일의 날씨는
좋다, 나쁘다를 느낄 수 없는 무채색이기를.
비가 온다고 누군가 나를,
내가 어떤 이를 걱정하는 일이 없기를.

내일은 그러기를.

모든 일이 갑자기
생길 수는 없어서
날이 조금 흐렸고,
구름이 많았다.

다시
외로워지는 게
술버릇인 것처럼

외로움에도
내성이 생기는 걸까?

다시 혼자 술을 마셨다. 너무 청승맞아서 절대로 안 그러겠다고 다짐했지만 누구도 만날 사람이 없었고, 술은 마시고 싶었으니까.

연애를 하기 전의 나와 지금의 나. 혼자라는 사실은 같지만 다시 혼자가 됐다는 현실은 조금 달랐다. 연애하는 동안 가깝게 지내던 친구들의 모임에도 몇 번 나가지 못했고, 회사 동료들은 점점 나에게 회식 일정을 알리지 않았다. 되려 나를 돌려보내며 솔로인 자기들끼리 더 끈끈하고 굳건하다는 액션을 보이기도 했는데, 웃자고 했던 그 행동들이 지금은 무겁게 다가오곤 한다. 저 사람들이 혼자가 된 나를 다시 받아주기는 할까? 실제로 일어나지 않은 일을 걱정하고 몇 수 앞을 계산해 보는 건 내성적인 사람들의 특징 중 하나다.

"나 헤어졌다. 술 좀 사줘." "저 이제 애인 없어요. 저녁에 시간 많아요." 아무렇지 않은 척 털털한 모습으로 사람들에게 돌아가고도 싶지만 아직 나는…. 아무렇지가 못하다.

떠난 건 너 한 사람인데 세상 모두가 나를 떠난 것 같은 이 기분. 너를 만나는 동안에도 가끔은 혼자가 되면 어떨까 생각해 본 적 있다. 하지만 외로움이 이렇게나 괴로울 거라고 조금이나마 가늠할 수 있었다면 어떻게든 널 붙잡았을지도 모른다. 아니 애초에 만나지 말았어야 했다. 카톡을 켜봐도 이제 먼저 말을 걸 수 있는 사람이 아무도 없다. 그나마 내 모든 이야기를 들어주던 친구는 지금 데이트 중일 거다. 또 다른 친구 하나는 그러게 애초에 자기나 친구들한테 좀 잘하지 그랬냐고 했다. 연애한다고 그렇게 이기적으로 살아놓고 이제 와서 옆에 있어줄 사람이 누가 있겠냐고. 제발 주변 사람들에게 잘하라고. 잘할 자신이 없으면 애초에 시작조차 하지 말았어야 할 연애였다고. 하긴, 술만 취하면 어디서도 잠들어버리는 그놈의 술버릇. 혼자일 때도 참 징하게 이기적인 놈이긴 했다고.

그렇게 한참을 욕은 욕대로 먹었는데, 술은 같이 안 마셔
주는…. 나쁜 놈.

그래서 하루, 이틀, 다시 혼자 술을 마시기 시작했다. 널 만
나기 이전의 인간관계로 돌아가지 못한 채 혼자서. 그나마
마시면 좀 나아지는 것 같았는데 이젠 술도 듣지 않는다. 외
로움에도 내성이 생기는 걸까? 한 병을 다 마셔도 부족하면
어쩌잔 거지? 자꾸 술이 늘어간다. 두 병을 말끔하게 비우고
서야 기절하듯 잠이 든다. 다시 외로워지는 게 술버릇인 것
처럼….

4

혹시

비혼이세요?

아니요,

그냥 비만인데요

하루를
살아도
강동원

차라리 판타지를
심어주길

왜 아직도 결혼을 안 했냐고 묻거든 "제가 눈이 높아서요."라고 '빙쌍' 화법으로 답해라. 한 선배가 알려준 팁이다. 지가 성에 안 찬다는데 어쩌겠나. 이 한마디로 대화 종결이다. '지 주제도 모르고…'라는 말은 누구도 입 밖으로 꺼내긴 쉽지 않을 테니 보통 "그놈이 그놈이야. 아무나 만나봐." 정도로 대화가 마무리된다. 혹시나 오늘 뭐 하나만 걸려라 하고 내 안의 쌈닭이 꼬끼오 하는 날이라면 "그저 그런 놈이랑 사는 건 어때요?" 하고 물어도 된다는데 워워. 여튼 만능 치트키라고 생각했던 "제가 눈이 높아서요." 이 한마디와 비슷한 문장을 버스 광고판에서 보게 됐다.

"내가 너무 눈이 높은 걸까?"

"결혼을 안 한 게 아니라 못 한 것이고, 못 한 건 전부 네 탓이오. 주제에 눈이 높아서 이놈 저놈 다 보내고 결국 처량하게 혼자구나. 결혼 상대? 합리적으로 선택해. 네 분수에 맞게. 그런 마음가짐이라면 결혼? 야, 너두 할 수 있어!" 이런 식으로 고객의 기부터 꺾고 시작하겠다는 결혼 정보 회사의 저 카피가 얼마나 도움이 됐을지 모르겠다. 왜 눈이 높으면 안 되는가. 배우 라미란 씨가 예능 프로그램에 나와서 외친 말처럼 "하루를 살다 헤어져도 강동원"이어야지.

결혼은 둘이 하는 건데 왜 내가 십 대 빵짜리 과실을 물고 시작해야 하는지. 내가 눈이 높아서, 내가 못나서, 패배자가 된 것 같아서, 더 이상 물러날 수 없는 낭떠러지에서 어쩔 수 없이 상대를 찾아 하는 결혼은 누구도 하고 싶지 않을 거다. 오히려 늙어 혼자여도 내 몸 하나 건사할 수 있다는 자신감이 있어야지. 나와 결혼을 하겠다면 넌 내가 먹여 살린다, 네가 쓰러지면 내가 업고서라도 지옥 불 건너겠다는 각오 정도는 있어야지.

결혼 정보 회사들이여, 차라리 판타지를 심어달라. 그런 광고 문구로는 굳이 결혼을 해야 할 명분이 없다 아입니까. 혼자보다 둘이 더 재밌는, 둘만 할 수 있는, 둘이어야만 하는 인생이 더 타당한 이유를 알려달라. 그게 매칭할 상대를 찾아주는 것보다 먼저 해야 할 일 아니겠습니까.

얼마짜리
고민

돈으로 해결할 수 있는 고민은 정말 사소한 고민일까? 아니. 애초에 돈으로 해결할 수 있는 고민이라면 고민이 되지도 않았다. 이게 내 결론이다. 쓰고 보니 '편쿨섹좌' 같은 얘기지만 들어보시라. 일인 가구의 가장이자 프리랜서로 일하면서 생긴 가장 큰 고민은 '또 뭘로 한 끼를 때우지?'다. 만들고 치우는 시간마저 비용으로 계산한다면 해 먹는 건 절대 싸지 않고, 추리닝 바람으로 밥 한 그릇 뚝딱 먹고 들어올 수 있는 동네 식당이 있다 해도 그마저 귀찮거나 일이 아주 바쁘면 끼니를 거르기 일쑤다. 혼자 밥 먹는 게 처량해서 싫을 때도 마찬가지다. 결국 선택은 한 그릇도 배달해 주는 고마운 중국집 혹은 이인분만큼의 돈을 내야 배달이 오는 배달 음식이다. 높이 치솟은 엥겔계수가 과연 삶을 윤택하게 해주는가? 아니. 정신이 피폐해질 뿐이다. 이 많은 식당, 많은 메뉴 중에 뭘 시켜 먹어야 만족스러울지 고민 또 고민이다. 앱을 켜자마자 주문했으면 벌써 배달이 왔을 시간이다. 넷플릭스고 배달의 민족이고 메뉴가 이렇게 많은데 왜 하나를 고르기가 이리도 어려울까. 라디오에서 즉문 즉답식의 고민 상담 코너를 열면 "짜장 먹을까요, 짬뽕 먹을까요?" 하는 고민 같지도 않은 고민이 가장 먼저 오곤 하는데 이거야말로 돈으로도 해결할 수 없는 찐 난제다. 둘 다 시키면 해결이라고? 그건 꼬인 줄을 풀으라니까 칼로 썩 자르는 거지. 자르지 말고 풀으라니까?

밥 한 끼 먹는 게 뭐 그렇게 대단한 고민이냐고? 아, 그런가? 진짜 사소한 고민은 돈으로 해결할 수 있는 고민도, 시간이 해결해 주는 고민도 아닌 그냥 '남의 고민'이 아닐까? 라디오 프로그램을 런칭할 때의 첫 번째 스텝은 '일단, 고민 상담 코너는 남는 요일에 하나 넣고⋯.'이다. 공감 능력과 말재주가 좋은 게스트와 함께하는 고민 상담 코너는 라디오 프로그램의 디폴트. 정말 사소한 '남의 고민'을 진지하게 들어주는 사람은 우리 주변에 그리 흔하지 않다. 요즘은 누굴 만나더라도 서로 치맥을 앞에 두고 허공에 각자 하고 싶은 말을 쏟

아낼 뿐이다. 심지어 계산은 주로 불러낸 쪽의 몫인데 라디오는 단문 오십 원, 장문 백 원이 드는 문자메시지, 모바일 참여는 무료로 이 고민을 들어준다. 정말 매력적인 매체 아닌가? 심지어 자기 고민도 아닌 남의 고민에 감정이입해서 열을 내며 떠들어주고, 이렇게 넘어가선 안 되겠다며 노래 듣고, 광고까지 듣고 와서 다시 얘기하잔다. 이러니 라디오는 내 친구다.

이것도 어느 라디오에서 들은 얘기 같은데, 우리나라 사람들은 고민이 생기면 정신과가 아니라 토속신앙을 찾기 때문에 정신과 전문의와 밥그릇 싸움을 하는 상대가 무속인이란 얘기였다. 돈을 내고, 자신의 이야기를 하고, 어떻게 하라는 솔루션을 제공하는 것까지 방식이 일치한다는 거다. 사소한 내 고민을 정으로, 의리로, 걱정하는 마음으로 들어줄 친구가 없다면 비용을 치러서라도 마음이 편해지는 게 먼저란 법을 우리네 어른들은 이미 알고 계셨는가 보다.

차마 정신과도 무속인도 찾기는 뭐하고, 라디오도 잘 듣지 않는 친구들이 모인 어느 술자리. 우리의 고민은 이렇게 시작한다. "과연, 신혼집은 김포가 정답인가?" 대학도 인서울에 목매던 우리는 왜 직장과 신혼집까지 서울에 들려고 아등바등할 수밖에 없는가. 월요일에는 왜 올림픽대로가 새벽 여섯시부터 막히는가. 코로나로 인한 재택근무가 우리 회사 관리자들에게 남긴 교훈은 정녕 없단 말인가. 9호선 급행과 김포골드라인을 환승해야 하는 직장인을 보며 위로를 얻는 건 너무 가혹하지 않은가…. 가진 만큼에 맞춰 해결해야 한다는 정해진 답이 있는데도 이 고민에는 끝이 없다.

이런 얘기만 하는 걸 보니 우리 진짜 늙은 것 같다고 한숨을 쉬자 옆 테이블의 부장님 연배는 되어 보이는 아저씨들이 들으란 듯이 이야기한다. "저런 고민을 한다는 게 행복한 거야." 맞다. 지나고 나면 아무것도 아닌 고민들. 하지만 그 길목에 있는 우리는 어쩌란 말인지. 역시, 세상 가장 사소한 고민은 남의 고민이다. 오늘 우리의 고민은 얼마짜리 고민이었을까? …. 잠깐만, 생맥주는 누가 이렇게 많이 마셨을까?

돈으로 해결할 수 있는
고민은
정말 사소한
고민일까?

살아만
와줘도
고맙다

어떤 선택도
존중할 준비

방송 작가는 어디까지 잡학다식해져야 할까. 최근에는 크리스천을 주제로 한 팟캐스트를 맡게 되면서 서른이 넘어 처음으로 성경을 읽게 됐다. (하늘에서 보고 계실지 모르니까 솔직하게 다시) 서른이 넘어 처음으로 성경을… 위키백과로, 블로그로 읽게 됐다. 철저한 무신론자로 살아왔지만 일은 일이니까. 우리 집은 기독교에 반감이 심했다. 교회의 탈을 쓴 사이비 종교에 빠졌다던가 가정에서의 역할을 버린 채 독실하기만 한 친지들이 있는 집들이 대개 그렇듯이.

다행히 방송은 함께하는 분들의 배려로 성경 속 인물이나 교회에서 쓰는 용어 들을 비신자인 내 입장에서 질문하고, 답을 듣는 구성으로 준비할 수 있게 됐다. 이번 회차에서 준비한 주제는 탕자. 탕자는 누구고 왜 돌아왔는지 상식 수준으로 어렴풋이 알고 있었지만 막상 이야기를 풀고 나자 그 여운은 꽤 깊고 길었다.

상속해 줄 재산까지 미리 당겨 받아 집을 뛰쳐나가 놓고는 그 돈을 다 탕진하고 돌아온 자식 놈을 받아준다고? 나는 언뜻 이해가 되지 않는 지점이 있었는데, 출연진들은 달랐다. 그들이 크리스천이라서가 아니라 부모라서였다. 부모애. 부모라면 자식이 부모를 버렸든, 재산을 탕진했든 그저 살아 돌아와 준 것만으로도 고마울 거라고 말이다. 나는 그 부모애 코드를 드라마나 영화에서 쓰는 건 반칙에 가깝다고 보는 편이다. 손이 콕 닿기만 해도 저릿저릿해지는 약점을 건드려서 울리는 건 좀 아니지 않나. 그래서 영화 「신과 함께」를 천만 관객이 본 건 좀 반칙이라고 생각했다. 엉엉 울면서. 자식의 입장만 경험해 본 나도 이 정도인데 자식에서 부모로 진화한 이들은 이 영화를 보고 대체 어떤 마음이었을까. 모두 누군가의 자식이며 사연 없는, 가정 없는 K-관객들에게 십중팔구 먹히는 이 코드는 딱히 다른 수가 없을 때, 감독의 전체 커리어 중에 예의상 딱 한 번 정도만 꺼내 쓸 수 있는 치트키여야 하지 않을까. 그래서 드라마 '응답하라' 시리즈는 늘

반칙 중이라고 생각한다. 일단 성동일이 아빠로 나오면 반칙이다.

탕자 같은 자식도 이해해 줄 수 있는 무조건적인 사랑. 사랑이란 단어의 쓰임이 연인에서 가족의 개념으로 확장되는 순간. 직접 경험하지 않고 인스타그램이나 유튜브로 훔쳐봐서는 알 수 없는 미지의 세계. 나는 아직 기대보다는 걱정과 두려움이 더 크다. 무섭고 주저하게 되는 이유가 지금이어서일 수도 있겠지만.

결혼 전, 상대와 가장 큰 합의가 필요한 부분이 바로 자녀계획일 텐데 '결혼하면 생각이 바뀌겠지.' 하고 짐작해서는 안 되는 영역이 바로 여긴 것 같다. 부부에서 부모로, 또 한 번의 진화를 하기보다 여기서 멈추겠다는 선택 역시 존중해 줘야 함을 1980~1990년대생들인 우리는 이미 만화로 배웠다. 늘 귀엽기만 한 피카츄로 살 것인가 한 번 사는 인생에서 라이츄라는 진화를 경험해 볼 것인가. 포켓몬스터에서 지우의 피카츄는 라이츄로 진화하지 않았다. 성장하되 진화하고 싶지 않다는 '내 친구' 피카츄의 선택을 지우가 존중해 줬기 때문에. 배우자, 연인의 어떤 선택도 존중해 줄 준비가 되어 있는가? 피카?

오십 대가
됐을 때

요리를 잘하는
남편이 되고 싶다

오십 대로 보이는 중년의 택시 기사는 저음의 목소리가 매력적인 여자 DJ가 진행하는 라디오를 듣고 있었다. DJ가 사연을 소개했다. 사연 속의 중년 남성은 코로나19로 재택근무가 늘어 집에서 가족들과 보내는 시간이 많아졌는데 아내와 자식들과도 통 서먹해서 나눌 얘기가 없다는 고민을 남겼다. DJ는 그가 보냈을 바쁜 일상에 충분히 공감한 뒤 "남편분이 음식을 해보시면 어떨까요?"라는 코멘트를 남겼다. 라디오를 듣던 택시 기사는 정확하게 "미친년, 요리 같은 소리 하네…." 라는 말을 내뱉고 채널을 돌렸다. 손님이 타고 있는데도 아무렇지 않게 입 밖으로 욕을 할 수 있는 개저씨의 무례함 같은 건 거슬리지만 그냥 못 본 척, 못 들은 척 지나가는 편이 편해진 지 오래다.

평소 같으면 기억에 스치지도 않았을 순간인데 그날 밤, 트위터에서 본 또 다른 중년 남성의 이야기와 저 '미친년' 소리가 하나의 기억으로 묶여 남았다. 누군가 요리 수업을 들을 때 있었던 에피소드가 리트윗되어 내 피드에 남게 됐는데, 오십 대 후반으로 보이는 아버님이 첫 수업 때 꺼낸 앞치마가 고깃집에서 흔히 보이는 '참소주' 앞치마여서 빵 터졌다는 내용이었다. 퇴직을 앞두고 부인과 딸에게 맛있는 음식을 만들어주고 싶어 요리 수업을 일주일에 세 군데나 다니고 있는 분이었다고.

둘 중 어떤 오십 대가 되고 싶느냐고 물으면 당연히 참소주 아버님이다. 오십 대가 되기 전에 이미 요리를 잘하는 남편의 모습이라면 더 좋겠다. 자취 요리는 입에 물려서 넓은 주방을 갖게 되면 백종원 유튜브를 보며 따라 해보고 싶은 요리가 참 많다. 내가 만든 음식으로 아내와 집밥을 차려 먹는 저녁을 종종 상상했었는데⋯ 참소주 앞치마가 없다! 혹시나 하고 당근마켓에 들어가 보니 '처음처럼 앞치마'가 방금 나눔 완료된 듯하다. 이렇게 아쉬울 수가⋯. 하긴, 요리 실력보다는 요리를 할 수 있는 시간을 확보하는 게 먼저이긴 하겠다. 만 원에 서너 팩을 묶어 파는 마트 반찬 가게에 들를 시간도 없어 매일 아침마다 새벽 배송으로 온 반찬을 냉장고에 넣는 게 일상인 요즘이니까. 앞치마까지 두르고 요리를 할 수 있는 시간이 처음처럼 앞치마보다 더 간절하다.

확실히 결혼할 준비가 덜 되긴 했다. 레시피를 안 들추고 남에게 해줄 수 있는 음식이라곤 볶음밥과 우유 라면 정도가 전부니까. 찌개에 계란말이 하나 정도는 뚝딱해서 식탁에 올릴 수 있는 능숙한 요리 실력. 그리고 저녁을 여유 있게 준비할 시간까지 있을 때 결혼을 하려면… 나이 오십은 돼야 하려나? 결혼보다 은퇴가 먼저인 것인가? 그럼 너무 늦는데….

모른다

엄마, 그 남자랑
결혼하지 마

라디오는 가만히 노래나 듣고 싶은 청취자들에게 자꾸만 미션을 준다. '이번엔 이런 주제로 문자를 보내주세요. 재밌으면 선물도 줄 겁니다.' 하고. 어렸을 때 친구 별명이나, 이런 발명품이 생겼으면 좋겠다라거나, 오타 때문에 생긴 문자메시지 실수담, 명대사를 패러디해서 웃기게 만들기 등등…. 늘 얘기해도 늘 재밌는 치트키 같은 레퍼토리가 몇 개 있는데 그중에 하나인 '과거로 돌아갈 수 있다면?'이란 주제를 꺼낸 날이었다.

'어디에 땅을 사라.' '테슬라 주식을 사야 한다.' '로또 번호를 찍어준다.'부터 세종대왕에게 영어를 알려준다느니 하는 기발한 문자들이 오기 시작하는데 과거의 범위를 조금씩 좁혀갈수록 더 구체적으로 웃긴 문자들이 접수된다. 애인에게 차인 그날 아침 일찍 일어나서 내가 먼저 찬다든지, 어차피 떨어질 면접에서 면접관에게 이 회사 별로네요? 대차게 한마디 하고 나온다든지 하는….

어떤 커뮤니티에서 이런 문자 주제와 비슷한 글에 댓글이 줄줄이 이어져서 한참을 봤던 기억이 있다. 질문은 "과거로 돌아가 부모님을 만나게 된다면?"이었고, 그중 폭풍 공감을 받은 베스트 댓글은 "엄마, 그 남자랑 결혼하지 마."였다.

저 베댓을 실천할 수 있는 기회가 주어진다면 난 언제로 돌아가야 할까. 내가 열아홉 살이었을 때를 기점으로 네 식구가 모두 떨어져 살기 시작한 우리 가족은 서로 친하지 않았다. 서로에 대해 잘 모르기도 했다. 오죽하면 엄마, 아빠는 몇 살에 서로를 만났는지 결혼은 몇 년도에 했는지조차도 난 잘 모른다. 분명 말을 해줬는데 기억을 못 하는 건지, 아니면 듣고도 다 무슨 의미인가 싶어 기억해 두지 않았는지 모르겠다. 언제로 돌아가야 미션을 성공할 수 있을지부터가 확실하지 않다. 어떻게 타이밍 맞춰 돌아갔다 치자. 엄마에겐 '그 남자'랑 결혼하지 말라고 하겠지만 아빠에겐 뭐라고 해야 할까? "혼자 살아. 절대 결혼 같은 건 하지 마."라고 말해야 할까? 또 모른다. 다른 누군가를 만났다면 실망스럽지 않은 남편과 아버지의 모습을 보여주었을지도. 확신할 수 있는 건 아무것도 없다.

원고를 마감하고 있는 이번 명절은 고향에 내려가지 않는다. 아마 앞으로도 명절이라서 고향에 내려가는 일은 없을 것 같다. 고향은 가지 않지만 가까운 사람들의 결혼식은 잘 챙겨서 가는 편이다. 양가 부모님을 소개하지 않는 결혼식은 어디 없나 슬쩍 보려고.

결혼을 대하는 태도가 좀 더 신중하고, 더 조심스러운 사람들은 결혼이 두 사람만의 일이 아니란 걸 알 뿐 아니라 부모의 모습을 통해 결혼 생활의 어두운 면을 미리 겪어서일지도 모른다.

누군가에게
영원히
기억될 수 있는 방법

우리의 결혼식은
어떤 노래로 기억될까

누군가에게 영원히 기억될 수 있는 방법이 하나 있다. 기억되고 싶은 사람에게 노래 하나에 얽힌 추억을 만들어주면 된다. 노래는 반드시 그 사람이 학창 시절에 즐겨 들었던 노래여야 한다. 영화 「건축학개론」의 「기억의 습작」처럼 말이다. 히트곡일수록 좋고, 노래방 애창곡이라면 더 좋다. 1988년생인 나에겐 동네 음반사에서 만이천 원에 샀던 CD나 아이리버 mp3 플레이어로 들었던 노래들. 나보다 좀 윗세대에겐 직접 카세트테이프에 라디오를 녹음해서 들었던 노래들. 나보다 어린 세대에겐 유튜브 플레이리스트에서 듣던 노래들. 우린 이 노래들과 평생을 함께할 것이기 때문이다. 세계 최대 음원 플랫폼이라는 스포티파이의 데이터 분석 결과를 기사로 접한 적이 있는데, 사람들은 평균적으로 서른세 살부터 더는 새로운 음악을 찾아 듣지 않는다고 한다. 그때까지 들었던 노래들만 주구장창 듣고 산다는 거다.

　내가 그랬나? 기억을 더듬어볼 필요도 없이 노래방에서 부르는 노래로 자가 진단이 가능하다. 노래방에서 부를 수 있는 아이돌 노래가 BTS의 「Dynamite」인지 빅뱅의 「거짓말」인지. 블랙핑크의 「마지막처럼」인지 시크릿의 「마돈나」인지. 랩이 가능한 노래는 창모의 「METEOR」인지 조피디의 「친구여」인지. 이게 다 무슨 노랜지 모르겠다는 분을 위해 이문세의 「붉은 노을」을 우선 예약으로 걸어둘 테니 걱정 마시라.

　노래방에 대한 조금 아픈 추억이 하나 있다. 고등학생 때 만났던 여자친구에게 '너는 노래 부를 때 목소리가 너무 크고 소리만 지르는 거 같아서 듣기가 싫다.'라는 말을 들은 적이 있다. 그게 이제 널 안 좋아하게 됐단 말인지도 모르고 그 앞에서 휘성의 「안 되나요」를 끝까지 다 불렀으니 차일 만했지…. 그 친구가 이어 부른 노래는 빅마마의 「체념」이었는데 아직도 우연히 그 노래가 들리면 고등학생 때 자주 가던 노래방, 그리고 그 친구가 생각난다. 어디 그 노래뿐일까. 신화 노래를 들으면 수련회 장기 자랑을 같이 준비하던 친구들이 생각나고, 김광석의 노래를 들으면 기타를 잘 치고 나보다 나이가 많았던 군대 후임이 궁금해지고, 10CM 노래를 들으면 대학 때 학교 텔레토비 동산에서 같이 낮술 마시던 동기들이 떠오른다. 채널을 돌리다 우연히 9번에서 「찔레꽃」이 들리기라도 하면 그 노래가 십팔번이던 돌아가신 외할머니가 생각나기도 한다. (십팔번은 일제의 잔재라 쓰면 안 되는 말이라지만…. 외할머니에게 「찔레꽃」은 애창곡이 아니라 '십팔번'이 맞다.) 애인이랑 페스티벌이나 콘서트라도 갔다면 그 수많은 노래에 한 사람이 묻어버리는 거다. 그러니 좋아하는 가수의 콘서트는 애인이 바뀔 때마다 가주는 게 좋다. 사랑이 다른 사랑으로 잊혀진다는 어떤 노래처럼.

드라마 「시크릿 가든」의 OST였던 「나타나」를 들으면 떠오르는 결혼식장의 한 커플이 있다. 그 결혼식에 축가를 부르기로 한 가수 지망생을 인터뷰하러 갔다가 모르는 사람들의 결혼식을 우연히 처음부터 끝까지 보게 되었는데, 신랑 행진곡이 나오자마자 빵 터졌던 장내를 잊을 수가 없다. 신랑 입장과 함께 들려왔던 "왜 내 눈앞에 나타나~." 거의 칠팔 년 전인 것 같은데, 그때만 해도 결혼식 행진곡으로 가요나 팝을 자주 쓰던 때가 아니었어서 유독 기억에 남는다. 그때부터 시작된 고민이 있다. '내 결혼식 때 신랑 행진곡으로는 어떤 노래를 틀어야 할까?' 지금도 멍 때릴 때마다 불현듯 떠오르는 막연한 고민 중 하난데, 이거다 싶은 노래가 아직도 떠오르지 않는다. 큰일이다. 2021년 기준 서른넷이 됐다. 미국 스포티파이 조사 결과니까 한국 나이로는 올해까지다. 내년부터는 더는 새로운 음악을 찾아 듣지 않을 나이가 되는 거다. 이제 내 인생에 새로운 노래는 없다. 알고 있는 노래 중에 어떤 노래를 우리의 결혼식 행진곡으로 쓰면 좋을까? 어떤 노래가 우리의 결혼식으로 기억될까. 어떤 노래가 그날의 너와 나로 남게 될까.

우리는
이 노래들과
평생을
함께할 것이기 때문이다.

용산보다 먼
의정부보다 가까운…

인생에 몇 번 없을
소중한 순간

결혼이란 주제에 조금 민감해진 데에는 요즘 제작하는 팟캐스트도 한몫하고 있다. 팟캐스트 「박지윤의 욕망래이디오」는 결혼 생활과 육아에 대한 고민 상담의 탈을 쓴 수다 방송인데, 청취자층 대부분이 주부들이다 보니 참 구구절절한 사연들을 많이 접하게 된다. 공중파 라디오보다 더 직접적이고 구체적인 사연들을 보고 있자면 아는 사람 얘기도 아닌데 속상해질 때도 참 많다. 결혼이 왜 이렇게 많은 사람들을 불행과 가까워지게 했는지…. 그렇다고 모두가 불행한 건 아닐 것이다. 원래 행복한 얘기는 라디오 사연으로 잘 들어오지 않는다. 행복한데 무슨 고민이 있다고 알지도 못하는 사람들에게 자신의 일상을 구구절절 얘기하겠나. 사연이 온다 한들 소개하기 애매하기도 하다. 친구의 행복도 배가 아린 마당에 아예 모르는 남의 행복까지 축하를 해줄

여유는 종전 이후의 대한민국에 단 한 번도 없지 않았을까. "늦둥이 셋째가 건강하게 태어났어요."란 사연에도 건강해서 다행이란 말보다 "부모가 나이가 많아서 나중에 학부형 모임은 어떻게 나가려고 하느냐…."란 댓글이 먼저 달릴 테니까.

몇 달 후 결혼을 앞둔 이 커플의 고민은 예식 시간이다. 양가 부모님과 상의해서 오전 예식으로 예약했는데, 시모의 친구들이 태클을 걸었단다. 오전이라니. 그렇게 일찍이면 버스를 대절해야지 어떻게 오전 시간대에 의정부에서 용산까지 도착할 수 있겠냐고. 시가 식구들이 생각해 보니 하객들 입장도 고려해야겠다며 시간을 미루든지 아예 날을 다시 잡는 쪽으로 권유를 했다는 것이다. 친구들 성화에 못 이긴 시어머니가 식사 자리에서 얘길 꺼냈으리라. 양가 부모 중 한쪽이라도 마음이 불편하다면 버스를 대절하든, 시간을 변경하든 그게 뭐 얼마나 대단한 일이겠냐만…. 참 결혼식이란 게 보통 성가신 일이 아니구나 싶다. 이 예비 부부는 식장을 잡고 나서 큰 짐을 덜었다고 생각하고 있었을 텐데 또 다른 미션이 기다리고 있을 줄이나 알았을까. 결혼식이 어른들의 이벤트라고 체념하고 양보하기엔 우리 인생에 단 한 번뿐인 순간이다. 아, 다시. 우리의 '첫 번째' 결혼식이 어른들의 이벤트라고 체념하고 양보하기엔 인생에 몇 번 없을 소중한 순간이다. 결혼식장에서 이 노래를 축가로 아내에게 불러주리라고 등학생 때부터 한 노래만 목 터져라 연습해 온 남자, 자신이 입을 웨딩드레스는 직접 디자인하리라 수백 수천 장의 시안을 그렸던 여자. 결혼식은 꼭 햇살 아래 초록 잔디 위에서, 웨딩카는 꼭 오픈카로, 손님은 가장 가까운 지인 열 명 정도만 모인 스몰 웨딩으로…. 각자 생각해 온 결혼식의 판타지는 현실을 맞닥뜨린 순간 서핑 보드 위에 처음 올라선 초보 서퍼처럼 볼품없이 고꾸라진다. 꼬르르…. 그리고 나중이 되면 결혼식이란 게 있기는 했었나 싶을 만큼 기억에서 흔적도 없이 사라지곤 한단다. 마치 파도가 쓸어간 것처럼. 사르륵….

가족뿐 아니라 하객 1, 2, 3까지 모두 만족할 수 있는 대형 이벤트를 성공시키겠다고 다짐하기보다는 두 사람이 그려 온 그림에 조금이나마 가까이 가보겠다며 안간힘을 써보는 건 어떨까? 내 결혼 상대가 그런 사람이라면 앞으로 닥쳐올 어떤 불행도 조금은 덜 두렵지 않을까. 결혼식을 준비하며 너무 힘든 나머지 삐져나온 미운 말과 행동에서 불안한 촉을 느꼈다면 못 본 척 눈을 감아서도 안 될 것이다. 촉이 섰다면 반드시 이유가 있을 테니까.

그리고 덧붙이자면…. 주말에 의정부에서 용산까지 가는 길은 지하철이 가장 빠르다.

결혼이 왜 이렇게
많은 사람들을
불행과 가까워지게
했는지….

비혼주의자세요?

결혼?
그걸 왜 해?

미팅 때문에 찾은 공연 제작사. 우리 일행을 일 층까지 맞으러 온 담당자에게 뭘 여기까지 내려오셨냐는 말을 하니 이런 농담을 한다. "코로나 때문에 사무실에 앉아만 있으니까 근손실 올 거 같아서요." 이렇게 헬스장이 많아지고, 이렇게 근력 운동을 하는 사람들이 많아지기 전까진 '근손실'이 일상의 언어로 쓰일 거라곤 간고등어 코치도 몰랐을 거다.

낯선 말들이 우리의 일상 안으로 훅 치고 들어왔을 때 조금은 경계하게 된다. 그런 말에는 유통기한이 생기기 때문이다. '스토리텔링' 같은 말이 그랬다. 관심을 가지고 보던 지역 문학 공모전들의 이름이 갑자기 '스토리텔링 공모전'으로 변하기 시작하더니, 모든 미디어에서 스토리텔링이 중요한 시대라며 스토리텔링 전문가가 등장하기 시작했다. 말 그대로 스토리를 텔링하는 게 스토리텔링이다. 처음부터 있던 말도 아니다. 이 말을 우리나라에 퍼뜨린 문익점이 누군지도 알 수가 없다. 이렇게 없던 말들이 관공서에서 쓰이기 시작하면 이제 그 말의 수명은 다한 거다. 스토리텔링의 변형이 지금의 '콘텐츠'인데 수많은 관공서에서 일인 크리에이터 활성화와 콘텐츠 다양화를 위한 사업들을 진행 중이니 시대를 앞서가고 싶은 분들은 얼른 여길 피해 도망가시기 바란다. (세금으로 일인 크리에이터를 왜 양성해야 하는지부터가 의문이다.)

이런 흐름을 방송이 쫓지 않을 리 없다. 시대가 만든 파도를 타고 놀려면 사람들이 모여드는 곳에 카메라를 들이대야 한다. 잘은 몰라도 상암동에 도는 예능 기획안 중에 '비혼'이란 단어가 들어간 프로그램이 적지 않을 것이다. 하지만 아직 시기상조라 생각될 수도 있다. TV 시청자층의 연령대가 워낙 높다 보니 '비혼'은 시청률이 잘 나올 아이템은 아니기 때문이다. 유튜브 아이템으로는 딱이다. 비혼주의자를 대하는 시선이 조금은 달라졌다고 느낀다. 그래도 비혼이라는 말에 누구도 거부감이 없고 친숙한 단어가 될 수 있게 너무 비장한 의미를 담지는 않았으면 좋겠다. 누군가가 비혼이라는 말을 꺼내기까지 보낸 시간들을 함부로 말할 순 없다. 하지만 비혼주의자였지만 결혼이 하고 싶어지는 순간이 찾아올 수도 있고, 그게 과거의 나를 배신하는 것처럼 느껴져서 소중한 인연을 외면하게 될지도 모르니까. 그래, 모른다. 당장 내일 예기치 못한 일로 내 인생이 바뀌게 될지.

기혼주의자

그렇게 동화 같은
세상도 있다

비혼주의자가 있다면 세상의 균형을 위해 기혼주의자도 존재한다. 가까운 친구 둘이 그랬다. 하나는 성공해서 빨리 갔고, 또 하나는 호시탐탐 기회를 엿보는 중이다.

기혼주의자 1(이하 1호)이 꿈꾸는 미래는 행복한 가정을 꾸리는 거였다. 나는 장래 희망이 현모양처라거나 아이에게 친구 같은 아빠라는 사람을 이해하지 못했었다. 그래서 늘 1호의 선택을 이해하지 못했다. 1호가 가고 싶은 직장은 돈을 많이 버는 곳이 아니라 출퇴근 시간이 확실한 곳이었다. 친구들 중 누구보다 소박하고 평범한 삶을 원했다. 그리고 함께 행복한 가정을 꾸릴 수 있는 사람을 빨리 만나고 싶어 했다. 끌리는 사람을 만나게 됐을 때 1호는 고백을 주저하지 않았다. 하지만 고백은 번번이 실패로 끝났다. 저러다 대학 졸업하기 전에 연애나 제대로 할까 싶었는데 1호는 친구들 중에 가장 빨리 결혼을 하고 아이를 가지게 됐다. 바라던 대로 평범한 가정을 이룬 1호의 웃음 뒤에는 쓸쓸한 현실이 있을 거라고만 생각했다. 다니고 있는 직장, 그곳을 기반으로 그려갈 미래. 그 평범함이 부럽지 않았다. 그게 너무 큰 착각이었다는 걸 알게 된 계기가 있다.

라디오 휴먼 다큐 프로그램을 할 때, 강원도 인제에 근무하는 초등학교 선생님을 만나러 간 적이 있었다. 아이들에게 아카펠라를 가르치는 따스하고 유쾌한 분이었다. 인터뷰가 끝나자 얼추 저녁 시간이 됐고, 괜찮으면 집에서 저녁을 함께하자는 권유로 초면에 인터뷰이의 집까지 방문하게 됐다. 현관문을 열고 들어가자 먼저 집에 와 있던 아이들이 아빠를 맞아줬고, 육아 휴직 중인 아내분이 미리 준비한 저녁상을 내주셨다. 아이들과 나누는 대화의 주제, 목소리 톤, 집에 자리 잡은 소품들, 부부의 표정, 음식의 맛. 집안의 모든 곳에서 행복과 평온이 느껴졌다. 태어나서 처음으로 화목이라는 말의 뜻을 배우게 된 느낌이었다. 그리고 알았다. 1호의 꿈이 바로 이거였다는 걸. 단순히 돈을 더 많이 벌겠다, 성공하겠다는 내

목표보다도 1호의 목표는 어마어마하게 비현실적일 만큼 힘든 일이고, 그걸 현실로 만들고자 애쓰고 있었던 거다.

또 다른 기혼주의자 2(이하 2호)는 나와 조금 닮아 있었다. 외동인 2호에게 결혼은 외로움을 벗어나고자 추구하는 방향이었다. 가족을 구성하고 싶다는 전제는 1호와 닮아 있기도 했다. 맞벌이를 하는 부모님은 유독 일이 바쁘셨고, 2호는 늘 혼자 있는 시간이 많았다. 2호의 활발함과 사교적인 성격은 외로움을 극복하고자 만들어진 굳은살이었다. 학교나 학원에서 늘 여러 모임을 통해 사람들을 만나고, 최대한 늦게까지 밖에서 시간을 보냈다. 밤늦게까지 친구들과 함께 있을 수 있는 춤 동아리 활동은 2호의 학창 시절에서 가장 행복한 시간이었다. 그러다 보니 자연스럽게 연예 기획사의 연습생 생활까지도 경험하게 됐고, 대학을 나와서는 엔터테인먼트 업계에서 일을 하기도 했다. 지금은 평범한 회사 생활 중인 2호가 어느새 서른이 됐다. 직장 생활을 하며 자취를 해보기도 했는데, 회사와 가까워서 몸은 편했지만 외로움은 더 커지기만 했단다. 한참을 솔로로 지내다가 얼마 전, 새로운 연애를 시작했단 얘기를 전해 듣긴 했다. 2호의 넓은 인맥들 가운데 소

모임 하나의 이름이 '기혼주의자'라고 한다. 기회만 있다면 마음의 준비는 이미 마친 지 오래인 친구들의 모임이란다.

1호나 2호와 같은 친구들이 있다는 게 점점 고맙게 느껴진다. 결혼하고 싶다는 말이 세련되지 못하거나 촌스럽다고 느껴지지 않게 해줘서. 하도 플렉스 플렉스 하다 보니 숫자로 증명할 수 있어야만 성공한 삶처럼 보이는 요즘이지만 그보다 더 큰 성공은 숫자 따위가 아니라는 걸 알게 해줘서. 이게 무슨 「TV 동화 행복한 세상」 같은 마무리냐고? 강원도 인제에서 먹었던 저녁 한 끼가 알려줬다. 세상이 그렇게 동화 같을 수도 있다는 걸.

비혼주의자가
있다면
세상의 균형을 위해
기혼주의자도
존재한다.

능력이 있어야
결혼을 하지

남의 인생을 망치게 될
결혼은 하고 싶지 않다

사는 게 꼭 롤플레잉 게임 같다. 먼저 직업을 선택한다. 그리고 퀘스트를 깨기 위해 나라는 캐릭터를 강하게 키워나가야 한다. 현질이 가능하면 시간 대비 앞서갈 수 있고, 아니라면 더 많은 시간을 들여 열심히 사냥하고 전략적으로 스탯을 잘 찍어야 한다. 같은 직업 안에서도 연마한 기술에 따라 각자의 필살기가 다르기도 하다. 나는 사회생활을 시작하며 작가라는 직업을 택했는데 방송국이라는 던전 안에서 작가로 살아남을 수 있는 능력치들에 스탯을 올인했다. 예를 들면 나는 소비자 분쟁 시 해결 기준을 알려주는 십분짜리 VCR 원고를 진짜 빠르게 쓸 수 있고, 컴백하는 아이돌 가수의 라디오 초대석 원고를 쓸 때 다른 방송에서 다루지 않을 내용을 캐치해서 더 많은 기사화를 시킬 수 있고, 각 분야 전문가들의 인터뷰 원고에서 인터뷰이들이 내심 물어봐 줬으면 하는 질문을 슬쩍 넣어주는 대신 제작진이 원하는 대답 한마디를 이끌어내는 요령을 습득했다. 하지만 다른 분야의 글쓰기는 영 형편없다. 다른 분야의 동갑내기 작가들을 혼자 부러워하며 열등감을 느끼기도 하는데, 방송 작가일때의 유병재처럼 번뜩이고 재치 있는 아이디어는 없고, 황인찬 시인처럼 감성적이지 못하며 박상영 소설가처럼 오묘한 이야기를 만들어낼 자신도 없다. 하지만 십 년 동안 작가로 불리며 서울에서 혼자 벌어먹고 살고는 있으니 글 쓰는 능력이 아주 없는 건 아니라고 스스로를 위로한다. 정신 승리를 꽤 잘하는 편이기에.

스스로 위로하는 데 아주 도가 터서인지 작가들에게 직업병처럼 찾아오는 우울증과도 거리가 멀다. 물론 또래 남자애들보다 기복은 심한 편인 것 같지만 이 정도면 작가치고 양호하다. 내게는 모든 나쁜 감정들을 가둬두는 자존감이라는 댐이 있다. 이게 무너지면 우울한 감정에 잠식당해 버릴 것 같아서 택한 방법이 어떻게든 내 자존감을 높여가는 것이었다. 일을 쉬는 동안에도 여전히 바쁘게 사는 것처럼 인스타그램 피드를 채우고, 내 딴에는 비싼 옷도 사보고, 급하게 사느라 할부 금리는 말도 안 되게 비쌌지만 언제 어디든 갈 수 있는 차를 한 대 마련했다. 예능에서 광희가 명품 협찬에 집착하는 모습이 누구에게는 겉멋이나 허세로 보였을지 모르지만 중요한 건 명품이 아니라 그렇게 해서 지켜지는 그의 자존감이다. 방식이 중요한 게 아니라 어떻게든 내 자존감이 지켜진다면 그걸로 된 거다.

당장 현금 얼마는 있어야 결혼을 현실적으로 고려해 봄직하겠다는 액수가 있기는 하다. 일 억이면 될 것 같았는데 요즘 치솟는 집값 때문에 저걸론 어림도 없으려나 싶기도 하다. 이런 얘길 하면 누구는 시작하는 데 그깟 돈이 대수냐고 말하기도 하고, 누구는 그 정도로는 쉽지 않을 거 같단 말도 한다. 애초에 질문도 아니었고, 둘 다 듣고 싶던 대답도 아니다. 내가 만족하느냐 못 하느냐가 중요하다. 그 준비가 끝난 이후에야 누군가와 결혼을 진지하게 고민해 볼 수 있을 거 같다. 당장 빠져나갈 카드값이 오만 원만 부족해도 순간적으로 멘탈이 불안해지는 사람이 결혼이라는 거사를 치를 자신은 없으니까. 결혼 준비 중에 돈 문제로 집안끼리 틀어지는 커플도 수도 없이 봤다. 돈이 문제가 아니라 자존감이 무너져서 시작부터 타인에게 짐이 되고 싶지 않다. 남의 인생을 망치게 될 결혼은 절대 하고 싶지 않다. 고집도 능력이라면 내 능력이다.

어떻게든
내 자존감이
지켜진다면
그걸로 된 거다.

클럽하우스는
대안이
될 수 있을까?

결혼하면
행복한 거 맞아요?

마치 허니버터칩, 혹은 스타벅스 레디 백이면서 라디오와 팟캐스트임과 동시에 오픈 카톡방이면서 블라인드였다가 인스타그램이기도 한 요상한 앱은 도대체 무엇인고. 오디오 콘텐츠를 제작하는 일을 하면서 참전하지 않는다는 것은 직무 유기인지라 며칠 밤을 클럽하우스에서 이 방 저 방 기웃거리게 됐다. 2021년 2월경, 매일 자정쯤 열리는 '음퀴방: 전주 듣고 노래 맞히기 수다는 없고, 쉴 틈도 없는 무한 출제 유니버스' 방에 들어오셨던 이들이 있다면 반갑습니다. 클럽하우스의 음악 퀴즈 출제 위원, 그게 바로 저였습니다. 어떤 노래든 전주 삼 초를 넘기기 전에 노래 제목이 터져 나오는 요상했던 방. 숨은 김희철, 이수근들과 깔깔거리며 노래를 듣다가 지쳐서 이제 잠들어 볼까… 할 때쯤 눈길을 사로잡는 방이 하나 보였다.

"결혼 이야기"

스칼릿 조핸슨이 나온 그 영화 제목? 아직 안 봤는데. 영화 얘기나 하자고 만든 방이 아닌 건 분명했다. 뭐 이렇게 심플하며 무궁무진한 제목이란 말인가. 마침 참여 인원도 심플해서 부담 없이 들어가 손을 흔들고 스피커를 받아 모더레이터들과 인사를 나눴다.

"관우 님은 어떻게 이 방에 오셨어요?"
"마침 제가 결혼 에세이를 쓰고 있었습니다." (그리고 '미국에 가겠다고?' 에피소드를 낭독.)
"헐, 제 얘긴 줄…. 저 지금 딱 그 상황이에요. 결혼하면 남편 따라 미국에 가야 하거든요. 그래서 이 결혼이 정말 맞을까? 고민 중이에요."

또 뻔하게 '한국에서의 커리어가 아깝지 않으세요?'라는 말을 하려는 찰나, 새로운 스피커의 등장.

"지금 하시는 일과 비슷한 일을 미국에서 하고 있는 사람입니다. 경력 단절이 아니라 더 많은 경험을 하실 수 있는 기회라고 생각해 보시는 건 어떨까요? 그 업계의 한국 시장은 너무 작잖아요. 천조국의 스케일 아마 감도 안 오실걸요? 일에 대한 욕심이 강하시다면 더 큰 욕심을 부려보시는 것도 나쁘지 않을 것 같습니다."

아! 나는 생각도 못했던 대답이다. 이래서 세상은 아는 만큼 보인다고 하는구나. 그리고 또 한 명의 스피커 등장. 살짝 술에 취해 나른한 목소리의 이 남자가 방에 들어온 이유는?

"그저께 헤어졌습니다. 아니 파혼이 맞죠. 날짜까지 받아둔 상황이었으니까요."

이 남자의 파혼 이유는 술자리에서 형들에게 숱하게 들었던 말로 정리가 됐다. "결혼? 여자친구가 네 자취방에 놀러온 거야. 너무 좋아. 좋은데…. 안 가. 게임도 하고, 운동도 하러 가야 되는데 여자친구가 안 가." 연애를 시작하고 자기 시간을 뺏기는 것이 용납되지 않던 이 남자. 결국 명절을 앞두고 쌓인 게 터져버려 크게 싸우고는 헤어지게 됐다고 했다.

원래 남들 이야기에 감정이입을 잘 못하는 편인데 마침 나도 며칠 전, 비슷한 이유로 여자친구와 크게 싸운 뒤였다. 일복 하나는 타고나서 자는 시간마저 쪼개 일을 끌어안고 지내던 시기였다. 일을 하며 의식적으로 여자친구에게 연락을 남기고, 여자친구와 커피를 마시면서 머릿속으론 다음 주 일정을 정리하기도 했다. 여자친구에게도 일에도 완전히 집중하지 못해서 늘 미안한 날들이었다. 그렇게 어디에도 완전히 기울지 못한 하루를 보내고 나면 우울해서 잠도 오지 않았다. 그 와중에 살을 빼야 한다는 강박에 '새벽에라도 나가서 삼십 분이라도 뛰고 들어와야 할 텐데…' 생각했다. 아니, 운동이 뭐람. 씻을 힘도 없는 새벽이 되고 나면 지금 상황이 한계라는 생각보다는 잠깐이라도 허투루 보냈던 낮 시간의 나를 탓하게 되고야 마는 것이었다. 이번 연애를 시작하며 다짐했던 하나. 절대 일이 우선순위가 되어서는 안 된다. 일은 단지 행복을 위한 수단일 뿐이다. 절대로 우선순위가 바뀌어선 안 된다. 그 다짐이 또 무너지고 있고, 하나가 쓰러지니 다른 것도 와르르르 무너졌다. 다시 담배와 치킨을 찾게 되는 새벽. 그리고 퉁퉁 부어서는 출근 시간에 겨우 맞춰 일어나버린 아침. 헐레벌떡 지하철로 향하는 주머니에서 울리는 여자친구의 카톡. "깊게 못 잤구나?" 하는 걱정에 괜히 찔려서는 "응, 새벽에 자꾸 깨더라고." 하는 하얗지도 않은 거짓말. 나 혼자 쉴 수 있는 시간이 더 늘어나면 모든 게 나아질까? 이런 생각이 들던 차에 비슷한 이유로 어떤 커플은 파혼을 맞이한 것이다.

그저께 파혼했다는 삼십 대 초반의 스피커가 뽀시래기처럼만 보이는 유부 형님들의 조언이 이어졌다. '지금 헤어진 그 여자에게 너무 미안해하지 마시라. 너님만큼 자기 시간이 소중한 여자를 만나 네가 미치게 사랑하는 형벌이 곧 내려질 것이다.' 이 섬뜩한 위로는 뭐람. 동시에 나에겐 이렇게 들렸다. '네가 휴식이자 취미인 사람을 만나고 있는 지금이 복에 겨운 줄 알아라.' 찾고 있던 핸드폰이 손에 들려 있었단 걸 알게 됐을 때, 계속해서 남보다 내가 더 소중해서 이별한 사람들의 성토가 이어졌다. 그들은 모두 미혼이었다. 유부 선배 하나가 '나도 결혼 전엔 그랬단다, 하지만 결혼을 해보니 그건 중요한 게 아니더라…'라며 자신들의 이야기를 하려는 찰나!

"ㄲ아아아앙"

어느 집 애가 깼다. 새벽 네시였다. 숙연해진 틈에 누군가 손을 흔든다.

"저는 결혼이 하고 싶고요, 결혼 이야기라고 해서 행복한 얘기를 듣고 싶어서 왔는데, 두 시간 듣는 동안 좋은 얘기는 하나도 안 나와서요. 결혼하면 행복한가요? 행복한 거 맞아요?"

"응? 우리가 그런 얘기만 했나? 유부들 어떠세요? 전 행복한데."

"맞아. 이 안정감은 솔로일 때 절대 몰랐지."

"그럼 그런 얘기도 좀 해주시면 안 돼요?"

"아니, 그런 얘기를 할 거면 우리가 이 새벽에 이 방에 왜 모였겠어요!"

클럽하우스 이용 아흐레째. 이게 어떤 분야의 어떤 서비스를 대체하거나 잡아먹게 될진 모르겠지만 하나는 확실하다. 거리두기 2단계가 이어지고 있는 현 시점에서 동네 투다리와 봉구비어의 대안이 될 수 있음은 분명하다. 백 퍼센트.

남보다
내가 더 소중해서
이별한 사람들

서울에서
혼자 살고
술은 좀 해요

내가 하고 싶은 일,
그걸 함께하고 싶은 사람

네가 깜짝 놀랄 만한 얘기를 들려주마. 사실 나는 술을 좋아하지 않는다. 그걸 서른셋에 알게 됐다. 무식하게 술부심이 심한 방송국 생활을 하면서 술 마시고 네발로 기어 들어갔다거나 사고를 친 적은 한 번도 없었으니까 못 마시는 편도 아니었고, 그래서 난 내가 술을 좋아하는 줄 알았다. 그런데 아니었다. 최근에 일 년 정도 아침 일곱시 라디오 프로그램에서 일한 적이 있는데, 그동안 술자리를 가진 날은 손가락과 발가락 정도로 다 셀 수 있을 것 같다. 그때 알았다. 내가 술을 별로 좋아하지 않는다는 걸. 아침 일곱시 생방을 하려면 하루 중 가장 어둡다는 해 뜨기 직전에 집을 나서야 한다. 일곱시 프로그램을 몇 년씩 해온 작가들도 있는데 고작 일 년밖에 안 해본 나는 그게 얼마나 힘든 일인지 말을 좀 아껴본다. 그래도 마시려면 얼마든지 마실 수 있었다.

오히려 퇴근 시간이 빠르니 좀 일찍 술자리를 시작할 수도 있고, 직장 생활 하는 친구들과 저녁 약속을 잡기도 수월했다. 그런데 별로 내키지 않았다. 아침에 못 일어날까 봐 겁나서? 아니었다. 그냥 안 마셨다. 아침 프로그램을 관두고도 술자리가 늘진 않았다. 아무리 생각해도 답은 하나였다. 나는 사실 술을 좋아하지 않는다.

놀랍게도 담배도 그랬다. 한때 손석희 앵커가 하루에 담배를 한 개비만 태운다는 이야기가 있었다. 사실 팩트는 모른다. 하지만 흡연자들 사이에서는 정말 독하지 않고서야 하루에 한 개비만 피우는 건 있을 수 없는 일이라며 입에서 입으로 전해지던 전설 같은 이야기다. 근데, 한동안 내가 '1일 1담' 생활을 꽤 오래 했었다. 같이 일하는 팀에 담배 피우는 사람이 없다 보니 혹시나 나한테서 담배 냄새가 날까 봐 회사에 담배를 가지고 다니지 않았고, 그러다 보니 밤에 자기 전 한 대씩만 피우는 습관이 생겼다. 지금도 계속해서 금연을 시도하는 중인데 금단현상을 크게 느끼는 편은 아니다. 하지만 금연은 정말 힘든 일이다. 금연을 시도하는 모든 이들이여 (이지안처럼) 파이팅.

좋아하는 줄 알았는데 사실 별로 안 좋아했던 일들은 생각보다 많았다. 좋아하던 음악도 요즘은 일부러 시간을 내서 찾아 듣는 일이 잘 없다. 책을 읽는 것도 그렇다. 옷? 내가 진짜 옷을 좋아했으면 지난 계절 옷이 안 맞을 정도로 살찌는 걸 방치하진 않았을 거다. 러블리즈? 미안해. 활동 열심히 챙겨 본 건 「종소리」 때까지였던 거 같아….

정말 더는 좋아하지 않게 됐을 수도 있고, 싫지 않은 걸 좋아한다고 오해하고 있었을지도 모른다. 뭔가를 좋아할 수 있는 마음의 총량 같은 게 있어서 그걸 다 써버린 걸지도 모르겠다. 이별하고 얼마 안 됐을 때였다. 친한 선배에게 전화해서는 그 사람 없으면 못 살겠다고 소리내서 꺽꺽 울었던 적이 있는데 지금 생각하면 그게 내가 맞나 싶다. 마음의 총량을 짧은 순간에 다 써버렸거나 너무 힘들어서 자기 방어하듯 그때의 감정을 자체적으로 삭제해 버렸는지도 모른다. 방송일을 하며 온갖 역경을 이겨낸 주인공들을 많이 만나봤는데 그들의 공통점도 그랬다. 자신의 과거를 남 얘기하듯 말한다는 것. 힘들었던 경험을 얘기하는 강사들도 그렇다. 뭐 이런 식이다.

"열다섯 살, 아무것도 모르는 꼬마가 시골에서 서울로 올라와 주물공장에서 일을 하게 됩니다."

"진짜 힘든 법정 공방이었는데, 이 재판을 준비하면서 제가 점점 바뀌게 됩니다."

"권투 선수를 관뒀을 때 제가 인생을 포기하려고 합니다. 밖에도 안 나가고 집에서 술 마시고 잠만 자요~."

유독 힘들었던 기억을 회상하는 부분의 말투만 저렇다. 사람들은 슬픈 기억을 꺼낼 때 힙합을 추진 않고 남의 얘기를 하듯 말한다. 마치 내가 아닌 것처럼. 감정의 결과는 남았는데 당시에 어땠었는지 본질은 잊어버리게 되는 걸까?

싫어하는 것도 좋아하는 것도 점점 흐려지기만 한다. 내가 좋아하는 건 대체 뭘까. 음…. 청소를 좋아하는 거 같다. 하기는 싫어도 깨끗해진 걸 볼 때만큼 기분이 상쾌할 때가 없다. 선플로 가득한 댓글 게시판. 나와 전혀 관계없는 기사에도 악플이 없는 분위기가 조성된 댓글란을 보면 기분이 좋아진다. 댓글을 일부러 악하게 쓰는 사람들은 꼭 어디선가 고소당했으면 좋겠다. 예전엔 내 얘길 잘 들어주는 사람이 좋았는데 요즘은 자기 얘길 많이 해주는 사람들과 만나는 자리가 즐겁다. 예쁜 사람과 데이트하는 것보다 못되지 않은 사람과 시간을 보내는 게 더 좋다. 내가 좋아하는 맛집에 데려갔을 때 맛있게 음식을 먹는 사람이 좋다. 애플 제품들은 늘 좋다. 그리고 또 뭐가 있더라….

내 취향을 최신 버전으로 업데이트 해볼 필요가 있다. 그러고 나면 내가 하고 싶은 일들과 그걸 함께하고 싶은 사람들이 남는다. 찾고 있는 사람. 평생을 함께해도 좋을 사람이 거기에 있을 것만 같다.

누가 위로해 주지?

이 책을 집어 들기 전까지 당신은 서점을 돌며 이런 생각을 했을 것이다. "요즘 정말 읽을 에세이가 없구나…." 제목으로 어그로 끄는 책이 있어서 하필 집어 든 게 이 책이었는데 재미가 없었다면 사과한다. 유난히 취향을 탈 수밖에 없는 장르여서 그런지 서점의 수많은 코너 중에 에세이만큼 유행이 빠른 카테고리도 없어 보인다.

책이 몇 권 없는 집 책장에도 반드시 꽂혀 있던 피천득의 『인연』처럼 한 줄도 버릴 문장이 없는 문학계의 대가들이 쓴

산문집도 참 많이 봤고, 우리를 잠 못 들게 했던 DJ들의 목소리로 읽어 내려간 라디오 에세이가 한동안 베스트셀러이기도 했다. 연예인이나 운동선수 들의 성공담에 자극을 받아보기도 하고, 내가 가보지 못한 낯선 나라에서 벌어진 이야기들은 그 경험이 진짜냐 아니냐를 떠나 우리를 설레게 하기 충분했다.

최근에는 SNS에서 많은 팔로워들에게 위로를 준 토막글들이 에세이 시장을 점령했다. 막상 읽어보니 별로였다고 말했던 친구의 인스타그램 피드에도 꽂혀 있던 그 책들은 '에세이'라는 카테고리 안에서 새로운 장르를 만들어냈다. 문학 분야에 속해 있지만 소설가나 시인이 아니어도 책을 낼 수 있는 에세이 분야는 '쓰는 사람이라면 누구나 작가다.'라는 말처럼 비즈니스 계정으로 설정한 인스타그램의 직업란에 '작가'를 걸어두고 꾸준히 토막글을 써내려 간 사람들을 진짜 작가로 만들어주었다. 그렇게 적당한 작업물과 일정 수준의 팔로워가 모이면 출간으로 나아갈 수 있는 항로가 개척된다. 한때는 베스트셀러였지만 지금은 사라진 책도 있는 반면, 여전히 스테디셀러로 남은 책들이 이 장르의 존재 이유를 증명한다. 스테디셀러가 된다는 건 매크로 프로그램을 돌려 가짜 유령 팔로워들을 만들어내는 일처럼 간단한 일이 아니기 때문이다. '수요'가 있다는 것이다. 독자마다 각자 에세이를 고르는 기준이 있을 것이다. 내 경우에는 작가들의 이력과 약력을 눈여겨보는 편이다. 본인의 분야에서 큰 성과를 이뤘거나 흥미 있는 경력을 가진 사람들의 이야기가 궁금하기 때문이다. 하지만 요즘 에세이 코너를 가득 채운 작가들의 저자 소개란은 소소하거나 담백하거나 조금은 개성 있는 몇 문장 혹은 어딘가로 넘어오라는 URL 링크가 전부였기에 한동안 에세이를 읽지 않게 됐다.

이런 흐름에 관한 얘기를 출판 관계자와 하게 된 적이 있는데 그가 한 말은 이랬다. 심적으로 위로를 받고 싶은 사람들은 에세이를 읽으며 치유가 되는 감정을 느끼곤 하는데 이력이 화려하고 대단한 사람들의 글보다는 그저 친구처럼 가까운 대상이 해주는 따뜻한 말 한마디, 그게 필요한 거라고. 내일은 괜찮고 싶은 사람들에게 '내일은 괜찮을 거야.'라는 말은 절대 뻔하기만 한 위로는 아니란 것이다. '감성글'로 묶이는 에세이에 내심 질투와 편견을 가지고 있던 내 뒤통수가 얼얼해지는 말이었다. 듣고 가만 생각해 보니 이런저런 이유로 힘들 때 나를 위로해 준 건 월드컵 4강까지 진출한 축구 선수도, 정곡을 찌르는 말로 숙연하게 만드는 종교인이나 독설 한마디로 뜨끔하게 만드는 유명 강사도 아니었다. 시무룩해 있는 날 보고 "야, 내일은 또 좋은 일도 생기겠지. PC방이나 가자."라고 말을 걸어주는 친구. 그 친구의 뻔한 말 한마디였다.

이 책의 시작은 독립 출판이었다. 이런저런 시선에 구애받지 않고 재미있는 작업물을 남겨보고 싶었고, 독립 출판물 행사인 '퍼블리셔스 테이블'에 셀러로 참여해 보고 싶어 기간에 맞춰 그때까지 쓰인 이야기를 책으로 엮었다. 하지만 미처 못 담은 이야기가 많았고, 정식 출간을 하고 싶다는 욕심이 생겨 출판사 문을 두드렸다. 그러면서도 한편으로는 출간이 된다면 에세이 시장에 누를 끼치는 게 아닌가 걱정했던 적이 있다. 내가 뭐라고 책을 내나 싶었다. 그러다가 '친구처럼 가까운 대상이 해주는 한마디가 위로가 될 수도 있다.'는 말을 듣고 '아, 이건 반드시 출간하고야 말겠다.'는 다짐을 하게 됐다. 내 동년배들 다 결혼으로 고민 많을 텐데 누구 하나는 설치고 다니면서 지금 너의 고민이 너만의 고민은 아니라고 말해주는 역할도 나쁘진 않을 것 같아서. 결혼은 철저하게 개인의 문제지만 모두의 고민이기에 '서로 편 가르지 않는 것이 숙제, 지금 부케 받은 사람 오늘 술래, 다 같이 빙글빙글 강강수월래' 하며 같이 얘기 좀 해보자고 말이다. 그래. 우리는 이야기하길 참 좋아한다. 코로나 시국에 접어들며 새삼 느끼게 됐다. 감히 이 책이 그 이야기의 시작이 되길 바라본다.

위로 얘기가 나와서 말인데 굳이 내 신조를 한마디 더 보태자면 '위로는 셀프'다. 어둑어둑한 때 올림픽대로 가로등에 불이 한 번에 쫙 켜지는 순간을 본다거나, 자고 일어나니 잔뜩 눈이 내렸는데 마침 라디오에서 핑클의 「화이트」가 들려온다거나, 너구리에서 다시마가 두 개 나온다거나 달걀을 깼더니 쌍란이라 괜히 좋은 일이 생길 것만 같은 일상의 조각들. 여러분도 이런 별거 아닌 일상에 의미를 부여해서 마음만이라도 뿌듯한 하루를 맞이한다면 좋겠다. 나는 살은 하나도 안 빠졌는데, XL 사이즈가 아니라 L 사이즈로 나온 바지가 몸에 맞아서 기분이 매우 좋다. 의미 부여도 좋지만 역시 관리가 필요하다. 식장에서 '신랑 슈트핏 좋더라.' 하는 얘기를 꼭 듣고야 말겠다.

웨딩플래너를
만났습니다

내일 당장 결혼식을 준비한다는 상상을 해봤다. 그리고 접었다. 해본 적이 있어야 말이지.

가장 최근에 결혼한 친구에게 물어봐야 하나? 아, 이렇게 알음알음 지인들을 통해서 그르친 일은 누구 탓도 못한다. 늘 해오던 방송 일처럼 접근을 해봤다. 결혼과 관련한 자문 인터뷰가 필요하다. 섭외를 해야 한다. 누구를? 전문가를. 웨딩플래너란 직업이 괜히 생겨난 게 아니다. 잘나가는 업체를 통해 소개를 받아야 하나? 전문가 중에도 너무 선수가 섭외되면 또 문제다. '듣고 싶은 말이 이거지?' 하고 던져주는 인터뷰 말고 좀 더 생활 밀착형이었으면 좋겠다. 돌고 돌아서 결국 알음알음이다. 인스타그램에 글 하나를 올렸다.

"웨딩플래너 인터뷰가 필요해요. 아는 분 있으면 소개 부탁드립니다. 딱 떠오르는 분 있으면 디엠 주세요."

Q 저도 방송 일 하면서 사람들 많이 만나봤지만, 막상 웨딩플래너는 처음 만나봐요.

보통은 그렇죠? 다 처음 하니까. 다는 아니고 웬만하면? 대개는? 거의?

Q 상담실이 되게 많은데, 오늘은 조용하네요.

코로나 때문에⋯. 있는 식도 다 미루는 판이라 요즘은 좀 한가해요. 마침 한가할 때 잘 연락하셨네요.

Q 지인들은 한계가 있잖아요. 결혼을 여러 번 하는 것도 아니고. 고객들이 계속 유지가 돼요?

음⋯. 예를 들면, 절 소개해 준 Y도 제가 결혼식 준비해 준 거잖아요. 그럼 Y가 자기 친구를 소개해 줘요. 그럼 그 친구가 자기 아는 동생 있다면서 또 소개를 해줘요. 결혼하는 사람 옆에는 늘 결혼하는 사람들이 있기 마련이거든요. 초기에 자리 잡기가 힘들어서 그렇지 이렇게 계속 소개가 이어져서 고객들을 만나고 있어요. 인맥 관리가 되어야 하니까 다들 인스타그램 열심히 하거든요. 웨딩플래너들 보면 다들 팔로잉 숫자도 팔로워도 많을 거예요. 그럴 수밖에 없어요. 얼마나 많은 사람들을 만나게 되는데. 사람들 만나는 게 에너지인 사람들은 이런 일 하기 딱 맞죠.

Q 조금 막연한 질문인데요. 결혼, 그러니까 결혼식이죠. 뭐부터 준비해야 해요?

막연한 질문이라 차마 물어보기 민망했어요? 하지만 전혀 막연하게 느껴지지 않아요. 상담 오시는 분들 대부분이 그렇게 물어보고 시작하거든요. 첫 번째는 웨딩홀이죠. 보통 이날 했으면 좋겠다고 날을 먼저 잡아오시는 경우가 많아요. 보통 양가 어른들이 어디서 받아오신 날짜죠. 아참, 지역은 어디?

Q 서울 사는 사람들이 제일 많으니까, 서울 기준으로요! 그리고 일반적인 결혼식 기준으로요.

좋아요. 더 구체적으로 원하는 지역이 있다면 리스트업 해드리는 식장 중에서 고르시면 되겠고. 식장이야말로 돈에 가장 정직해요. 비싼 만큼 좋아 보이겠죠. 호텔 결혼식은 생화 장식이

비싸요. 꽃값만 천만 원도 훌쩍 넘어가고…. 좀 더 일반적인 얘기 해드려야 될 거 같은데. 홀 대관에 꽃 장식까지 250만 원에서 550만 원 정도로 보면 될 거 같아요. 우리 사무실 근처가 학동사거리인데 여긴 대관 550만 원에 식대 6만 5천 원 정도면 얼추 평균은 될 거 같아요. 식사는 250명에서 300명 정도까지는 보증하는 편이고요. 그럼 이제 더 합리적으로 비용을 어떻게 줄이는지가 궁금하죠? 일단 강남보단 강북이 더 저렴해요. 식사는 3만 5천 원, 3만 원까지 하는 곳도 많은데 5만 원 초반대까지 고려하시길 추천드리고요. 그래야 하객들이 잘 먹고 가니까. 성수기, 비수기 가격도 차이가 있어요. 성수기는 날씨 좋은 3, 4, 5, 6월 그리고 9, 10, 11, 12월 크리스마스 전까지. 춥거나 더운 1, 2, 7, 8월을 비수기로 봐요. 토요일 점심이 제일 피크 시간대고, 토요일보다 일요일이 싼 편이에요. 합리적으로 잘 따져보면 식장 비용은 정말 많이 아낄 수 있어요. 그치만 각자 기준이 있을 테니까 잘 따져보고 결정해야죠. 지역은 어디로 할 것이냐, 요일은 언제냐, 시간은 몇 시냐, 식사는 어떻게 하냐…. 결혼 준비는 선택의 연속이에요.

Q 어찌어찌 골랐어요. 식장은 해결됐다고 칠게요. 그다음은 혹시…

스드메?

스튜디오, 드레스, 메이크업. 이게 무슨 말인지 몰랐다가 여기 와서 알게 되는 남자들 생각보다 많아요. 결혼식은 아무래도 신부가 주인공이니까 신랑들은 잘 모를 순 있죠. 그래도 같이 좀 배워야지 상담하는 동안 핸드폰 꺼내서 게임하는 신랑들이 얼마나 많은지…. 자, 아무튼! 우리 회사 기준으로 하면 합리적으로는 180만 원 정도에서 2천만 원까지. 얼마나 선택의 폭이 넓은지 감이 오죠? 거기에 본식 사진 찍어주는 사진 작가님들 몇명 오실지 정해야 하고, 영상도 남기면 카메라는 또 몇 대 들어올지 정해야겠죠. 본식 스냅 사진 작가님들은 한 분 오시는데 40만 원에서 250만 원 정도 잡으면 될 것 같고요, 영상도 한 분당 40만 원에서 90만 원 정도 생각하면 될 것 같아요. 옛날에 봉준호 감독도 결혼식 영상 찍어주는 알바 하셨단 얘기 들어보셨죠? 누가 알아요? 미래의 세계적인 영화감독이 내 결혼식 영상을 찍어주게 될지? 네, 웃자고 한 소리고요.

Q 스튜디오 사진 대신 셀프 웨딩 사진 찍는 친구들도 많던데, 메이크업도 친구 중에 금손 있으면 뺄 수 있을 것 같고. 그래도 드레스는 어쩔 수 없이 고르긴 해야겠네요.

드레스도 셀프로 하는 경우 많아요. 드레스만 렌탈 해주는 업체가 또 있거든요. 그래서 셀프로 하는 거랑 우리 소개받아 하는 거랑 뭐가 더 나을지 견적만 물어보러 상담하시는 분들도 많아요. 요즘은 카페 같은 커뮤니티에서 정보도 워낙 많이 주고받고, 업체들이 또 많으니까. '아무것도 몰라요~' 하고 상담받으러 온 사람 중에 다 알아보고 온 똑똑이들이 얼마나 많다고요. 신부가 스드메 다 준비하고 부케만 우리한테 부탁하는 분들도 있어요. 그래도 돼요. 많이 알아보고 오면 그만큼 저랑도 얘기가 잘 통하니까 좋죠. 코로나 이후로는 소규모 상담 문의가 많아요. 결혼식 트렌드 자체가 바뀌고 있단 느낌이에요.

Q 찾아보는 거. 그게 일이잖아요. 선택하는 거 어려워하는 분들한텐 결혼식, 진짜 어마어마한 큰일이겠네요.

열심히 알아보는 건 좋은데…. 비교는 좀 안 했으면 좋겠어요. 내 친구는 식장을 어디서 했네, 프러포즈는 어떻게 받았네, 반지는 뭐였네…. 다들 결혼 준비하는 예산도 다르고, 스타일도 다르잖아요. 신랑들이 프러포즈 압박을 진짜 많이 받더라고요. 그래서 말인데 신혼집을 미리 마련했다면 집에 풍선 같은 거 장식하고 짜잔~ 하는 프러포즈는 25만 원 정도 들어요.

Q 아, 프러포즈도 결혼식의 일부인 건가요?

상담 오는 열 팀 중에 프러포즈 하고 온 커플은 두 팀 정도? 보통은 결혼식 날짜를 정한 뒤에 하죠. 신부들이 '난 이렇게 받고 싶으니까 이렇게 해!' 정해주는 커플도 많이 봤어요. 신부가 프러포즈 하기도 하던데 많이는 못 봤어요. 프러포즈는 남자가 한다는 인식이 아직은 있나 봐요.

Q 저 지금 얘기만 들었는데 힘들어요.

안 돼, 지치지 마요. 나중에 스튜디오 사진은 어떻게 찍으려고.

Q 아! 저 신랑 모델로 알바 해본 적 있어요. 아는 분이 웨딩 사진 업체를 개업하는데 촬영 직전에 모델이 펑크를 내서 친한 리포터 누나랑 둘이서 모델 알바 해봤거든요. 그때 알게 됐죠. 연예인들이 왜 돈 많이 버는지.

맞아요, 사진 찍히는 게 얼마나 힘든데. 촬영날 서로 피곤하니까 싸우는 커플들 되게 많아요. 안 피곤하고 안 싸우려면 서로 양보를 많이 해야 돼요. 각자 결혼식에서 '이건 꼭 하고 싶다!' 하는 게 있거든요. 신랑은 없는 경우도 많지만. 아무튼 머스트가 있어도 상대방 눈치 보고 내려놓을 줄 알아야 안 싸우게 되는 것 같아요. 상담할 때 보면 이 커플은 준비하면서 싸우겠구나 아니겠구나 바로 알아요. "신랑한텐 얘기하지 말고, 이것 좀 해주세요." 이 말을 듣는 순간 우린 알죠. '이것' 때문에 싸우겠구나.

Q 얘기 들어보니까, '신랑들은 결혼식 준비를 피곤해하는구나…'가 느껴지네요.

상담까진 같이 왔는데 인사만 하고 업무 전화 받으러 나가는 신랑, 피곤하다고 엎드려 누워 있는 신랑, 담배 피우러 나가는 신랑…. 요새 비혼이란 말 많이 하잖아요. 보면 결혼 준비하기 전까지 신랑 쪽이 비혼주의자였던 경우도 많아요. 신랑들이랑 얘기하다 보면 그래요. 진짜 어렵게 공부해서 어렵게 취직해서 이제 막 돈을 좀 버는 것 같은데. 내가 이렇게 힘들게 돈을 버는데 그걸 누군가와 셰어해야 한다? 좀 억울한데? 이렇게 생각하는 신랑들이 많더라고요. 그런 신랑들이 있는 반면에 그렇지 않은 신랑들도 있죠. 신랑들이 작정하고 알아보기 시작하면 그것도 무섭습니다. 엑셀에 가격 오름차순으로 드레스 리스트업 해오는 신랑도 봤는걸요. 그런 신랑들은 신혼집 인테리어도 더 주도적으로 알아보더라고요. 수백 커플은 곧 수백 케이스의 결혼이 있다는 걸 의미하죠.

Q 기억에 남는 고객들 얘기 들어보고 싶은데…. 혹시 두 번… 보게 되는 고객들도 있나요?

왜 없겠어요. 파혼하는 커플이 얼마나 많은데. 청첩장 찍고 결혼식 전날 파혼하면 우리는 잘했다고 해요. 파혼이 낫지 이혼보다야. 요즘 혼인신고도 몇 년씩 안 하고 사는 경우도 많잖아요. 청약이 혼인신고 기준이니까 그 기준 맞추려고 일찍하거나 늦게 하기도 하더라고요? 각자 '내 생에 첫 주택' 청약 넣을 수 있는 지역도 따져봐야 하고. 신혼집 구할 때 공부 많이 해야 돼요 진짜. 그리고 두 번째 오는 고객들은 이런 부탁을 많이 하세요. "실장님, 저번에 너무 잘해주셔서…. 또 부탁드리고 싶은데, 같이 가면 저 모르는 척해주셔야 해요. 꼭이요." 그리고 데려오는 새 배우자를 보면 그런 느낌을 받아요. 아, 저번 사람보다는 낫다. 결혼도 연애랑 똑같아요. 다음 연애는 헤어진 사람의 단점을 커버하게 되는 사람을 만나게 되잖아요. 결혼도 그래요. 이번엔 훨씬 좋은 사람을 만나셨구나.

Q 연애랑 결혼은 비교 자체가 안 된단 얘기만 많이 들었었는데, 연애나 결혼이 똑같단 얘긴 처음 들어봐요.

결혼을 하면 본인을 포기해야 된다고 하잖아요. 저도 그게 겁났어요. 근데 막상 해보니까 결혼은 그냥 동거 같더라고요. 단, 양가 부모님의 터치가 없는 편이라는 가정하에. 근데, 육아를 해보니까 나를 포기한다는 게 뭔지 알겠어요. '너 나랑 결혼할래?'랑 '너 나랑 육아할래?'는 다른 얘기 같아요. 결혼? 결혼은 우습다니까요.

Q 어떻게 해야 잘하는 걸까요, 결혼식….

아까 얘기했는데! 남들이랑 비교만 안 하면 돼요. 결혼 박람회에 데이트 가보세요. 이벤트도 많이 하니까 사은품도 받고, 상담도 받아보고. 알아보는 만큼 준비하는 만큼 잘하는 거죠. 수중에 얼마가 있어야 결혼식을 준비하겠다. 이런 생각이 제일 바보 같은 거예요.

Q 엇! 궁예세요? 제가 그래요. 그래도 얼마는 모여야 결혼을 하지…. 생각하고 있거든요.

꼭 해야 될 사람들은 형편이 어떻든 해요. 또 내 얘기를 하게 되

311

네…. 저 결혼할 때 한 푼도 없이 했어요. 결혼 자금을 전부 주식에 몰빵했었거든요. 근데, 정확하게 반 토막이 났어요. 그래도 남은 걸로 남편 시계는 좋은 거 하나 해줘야지 하고 있었는데, 들어는 봤어요? 상장폐지라고…. 그렇다고 남편이 돈이 엄청 많았던 것도 아니고. 그런데도 어찌어찌했어요. 고객 중에 이제 막 대학 졸업한 어린 커플이 있었거든요. 같이 유학을 가고 싶은데 양가에서 결혼하고 갈 거 아니면 절대 같이 안 보낸다고 한 거죠. 유학비도 만만치 않은데 집안 어른들도 결혼 비용까지 감당은 안 되고, 이제 막 대학 졸업한 커플이 돈이 뭐가 있겠어요. 근데도 식 치르고 다 했어요. 우리나라 부모들 진짜 딱해요. 대학에 결혼까지 시켜야 할 일을 다 끝냈다고 생각하잖아요. 집값이 좀 비싸야지…. 돈은 결혼하고 모으면 돼요. 결혼해야 돈 모인다는 말 해보니까 알겠더라고요. 어렵게 생각할 거 없이 데이트 비용이 줄어든 만큼 더 모은다고 생각하면 돼요. 돈이 얼마 있어야 결혼한다는 건 핑계라고 생각해요. 얼마가 있으면 그걸로 해결책을 찾는 거지. 오래 만나는 커플들 보면 이런저런 이유로 결혼하자는 푸시를 안 하더라고요. 준비 중인 게 아니라 지금은 안 하고 싶은 거지. 그게 맞지.

Q 지금 한마디로 수많은 장기 커플들 뼈 때리신 거 알죠?

왜 그 얘기 들어봤어요? 연애는 여자가 결정권을 쥐고 있고, 결혼은 남자가 쥐고 있다고. 이런 얘기하면 좀 구닥다리 같은 느낌 들진 모르겠는데, 인정하긴 싫다는 사람들도 아주 공감이 안 되진 않을걸요. 뼈 맞아서 아픈 분들은 미안해요. 준비가 아직이라는데 상담을 해줄 수도 없고 참….

Q 그럼 마지막 질문! 결혼, 권하십니까? 해요? 하는 게 좋아요?

해야죠. 짝을 만났다 싶으면 해야죠. 단점은 딱 하나 있어요. 연애 때의 설렘은 없다.

하고 싶어요? 작가님은 할 거예요? 결혼?

Q 다음에 제 번호 뜨면 그 전화는 상담 예약이에요.

시간 내주셔서 감사해요.

괜찮아요, 진짜 오늘 일 하나도 없었어요. 코로나 때문에….

꼭 해요. 하세요. 다른 건 몰라도 그 결혼은 안 말릴 테니까.

비밀요원 명단

강대호 ♥ 강하린 ♥ 강현정 ♥ 고라 ♥ 기한솔
김규리 ♥ 김다솜 ♥ 김동명 ♥ 김민애 ♥ 김범준
김소희 ♥ 김연선 ♥ 김영랑 ♥ 김유정 ♥ 김유진
김윤지 ♥ 김은숙 ♥ 김인숙 ♥ 김정임 ♥ 김정하
김지수 ♥ 김지희 ♥ 김채람 ♥ 김태양 ♥ 김현정
김현지 ♥ 김현희 ♥ 나소희 ♥ 남수민 ♥ 먼지민
민재하 ♥ 박미란 ♥ 박민하 ♥ 박범윤 ♥ 박세진
박연지 ♥ 박인경 ♥ 박정란 ♥ 배효선 ♥ 백규리
백윤하 ♥ 보령 ♥ 서루미 ♥ 서민정 ♥ 서현
서혜민 ♥ 소라 ♥ 손지은 ♥ 양다혜 ♥ 오서영
원지유 ♥ 윤량의 ♥ 윤희식 ♥ 이나경 ♥ 이동현
이신혜 ♥ 이아름 ♥ 이에스라 ♥ 이영신 ♥ 이윤재
이은정 ♥ 이재은 ♥ 이정하 ♥ 이지연 ♥ 임초롱
임하진 ♥ 전소은 ♥ 전재우 ♥ 정유나 ♥ 정지수
정지예 ♥ 정지윤 ♥ 정지향 ♥ 정진 ♥ 조영아
채희원 ♥ 최묘경 ♥ 최상희 ♥ 최선영 ♥ 최은경
최은정 ♥ 최은주 ♥ 최진희 ♥ 태선영 ♥ 홍두표

비밀기지 목록

- **다시서점**
  서울특별시 강서구 방화대로33길 13, 1층

- **너의 작업실**
  경기도 고양시 일산동구 일산로 380번길 43-11, 1층

- **이랑**
  경기도 고양시 일산서구 일현로 122, 상가 1층 122호

- **책방모도**
  인천광역시 동구 화수로47번길 14

- **책방마실**
  강원도 춘천시 전원길 27-1

- **이스트씨네**
  강원도 강릉시 강동면 헌화로 973, 1층

- **버찌책방**
  대전광역시 유성구 지족로349번길 48-7

- **책방토닥토닥**
  전라북도 전주시 완산구 풍남문2길 53, 남부시장 2층 청년몰

- **책방이층**
  대구광역시 중구 달구벌대로393길 48, 1층

- **나락서점**
  부산광역시 남구 전포대로 110번길 8, 지하 1층

- **새활용기지 큐클리프**
  서울특별시 성동구 자동차시장길49, 새활용플라자 405호

이 책은 독립서점을 기반으로 한 위즈덤하우스 사전 독서 모임 'SSA 비밀요원 프로젝트'를 통해 제작되었습니다.

저 결혼을 어떻게 말리지?

초판 1쇄 인쇄 2021년 6월 16일 **초판 1쇄 발행** 2021년 6월 25일

지은이 황관우
펴낸이 이승현

스토리 독자 팀장 김소연
책임편집 최지인
공동편집 곽선희, 김해지, 이은정
디자인 김준영

펴낸곳 ㈜위즈덤하우스 **출판등록** 2000년 5월 23일 제13-1071호
주소 서울특별시 마포구 양화로 19, KB손해보험 합정빌딩 17층
전화 02) 2179-5600 **홈페이지** www.wisdomhouse.co.kr

ⓒ 황관우, 2021

ISBN 979-11-91583-99-1 03810